英美文学教学及其素养培养研究

李 明 著

中国青年出版社

图书在版编目（CIP）数据

英美文学教学及其素养培养研究/李明著. --北京：中国青年出版社，2024.11. --ISBN 978-7-5153-7588-5

Ⅰ.I561.06；I712.06

中国国家版本馆 CIP 数据核字第 2025KZ2684 号

英美文学教学及其素养培养研究

作　　者：李　明

责任编辑：刘　霜　罗　静　邵明田

出版发行：中国青年出版社

社　　址：北京市东城区东四十二条 21 号

网　　址：www.cyp.com.cn

编辑中心：010－57350508

营销中心：010－57350370

经　　销：新华书店

印　　刷：北京联兴盛业印刷股份有限公司

规　　格：710mm×1000mm　1/16

印　　张：10.5

字　　数：146 千字

版　　次：2024 年 11 月北京第 1 版

印　　次：2024 年 11 月北京第 1 次印刷

定　　价：68.00 元

如有印装质量问题，请凭购书发票与质检部联系调换

联系电话：010－57350337

前　言

　　英美文学是世界文学殿堂中的一颗璀璨明珠,有无数广为流传的优秀文学作品,因此英美文学的教学,不能仅仅停留在语言分析与文学史教学层面,而应当培养学生的文学感悟与文学素养,从而建立对学生影响深远的人文情怀。教师应充分意识到英美文学的教学价值,重视学生的文学素养培养,并认真对待英美文学教学,以便更好地完成教学任务,达成教学目标,有效提升学生的人文素养及跨文化理解能力。因此英美文学教学需要从教育理念、教育手段、教育过程等方面入手,不断提升教育质量和水平,从而培养学生的文学素养。

　　为了更有效地使英美文学对学生文学素养的培养产生正面影响,本书从英美文学教学概述入手,之后对英美文学教学及相关问题、英美文学教学方法之思、文学圈教学法在英美文学教学中的应用、文学素养概述和英美文学素养培养进行探讨,希望能够为相关研究提供参考。

　　书中难免有错漏之处,恳请广大读者多提宝贵意见,以便本书修改和完善。

目　录

第一章　英美文学教学概述

第一节　文学理论

一、文学理论的研究对象

文学理论是一门人文学科。一般认为,文学理论是文艺学的一个分支。文艺学是研究文学各门学科的总称,最初称为"文学学",即关于文学的学问。由于"文学学"一词不符合汉语表达习惯,所以习惯上称为"文艺学"。文艺学包括文学史、文学批评和文学理论三个分支。这三个分支的研究对象及知识构成方式的区别在于:文学史主要纵向考察文学的产生、发展、演变的状况和规律,分析评价具体作家、作品的思想艺术成就及其在文学史上的地位和影响,揭示不同历史阶段的文学现象同当代社会的关系及其源流演变的过程;文学批评侧重从横向阐释具体的文学现象,评价文学创作的优劣得失;文学理论以人类社会的一切文学现象为研究对象,阐明文学的属性和规律,从中发现并建立起文学的基本观念、概念范畴、基本原理及研究方法。文学理论的主要内容通常指文学本体论、作品构成论、文学创作论、文学接受论、文学发展论五个方面。

同时,文学理论与文学批评、文学史之间也具有非常紧密的联系,它们往往相互渗透。正如韦勒克、沃伦所说:"文学理论不包括文学批评或文学史,文学批评中没有文学理论和文学史,或者文学史里欠缺文学理论与文学批评,这些都是难以想象的。"显然,文学理论如果不植根于具体文学作品的研究是不可能的,文学的准则、范畴和技巧都不能"凭空"产生。但是,反过来说,没有一套课题、一系列概念、一些可资参考的论点和一些抽象的概括,文学批评和文学史的编写也是无法进行的。

文学理论作为对文学普遍问题的理性思考,具有自己的品格,具体表现在如下方面:

(一)科学性

文学理论有着相对严谨的知识系统、概念范畴、形态范式和研究方法,从知识构成和理论逻辑的角度来衡量,它完全具备了科学的特征。文学理论的科学性主要体现在对文学规律的探求,其归根结底是一个求真的过程,它传达着人们对于真理和知识的追求,它对于人类认识文学、认识人生、认识自然和社会、认识自我等都有不可替代的作用。文学理论的科学性要求坚持马克思主义的世界观和方法论,研究分析和科学总结文学活动的实践,透过复杂繁多的文学现象把握其内在本质,提炼出规律性认识。文学理论是否具有科学性,必须接受文学活动实践的检验,只有被实践证明是正确的文学理论,才能发挥科学的指导作用。文学理论的科学性还要求其知识系统与时俱进,在解释文学活动的新情况和新问题中更新、发展。

(二)开放性

文学理论是一个永不封闭的动态系统。从历时性看,文学理论向过去的文学理论遗产开放,合理吸收前人丰富的文学理论研究成果,借助它们来丰富充实自己。同时,它又向当下和未来开放,随着社会的不断发展进步,文学理论也在不断改变自己的理论面貌,不断接受人类新的文学观念、文学研究方法,从而形成新的多样化的文学理论范式。所以,在时间上它没有终端,不断地向过去、向当下、向未来开放,新的理论元素持续介入并被包容在内。正因为这样,有的学者提出"文学理论就是文学理论史"的命题。从共时性看,文学理论可以灵活自如地向各个学科、领域开放。正如美国学者卡勒所说:"理论是一种思维与写作躯体,其限制难以界定。"由于变得无法限制,文学理论成了一系列没有固定界限的评说万事万物的各种著述,涉及人类学、艺术史、电影研究、性别研究、语言学、哲学、政治理论、心理分析、科学研究和社会学等广泛种类。文学理论本来并不存在一清二楚的固定范围,而是向各种媒体、文体、各门人文学科甚至自然科学开放。一方面,它借助它们而丰富自身,另一方面,也给予它们一定的影响。从这个角度上说,文学理论具有文化理论的色彩。

(三)中介性

文学理论总要借助于哲学、社会学、历史学、语言学、心理学、人类学等学科的知识和方法来解决自己的问题,却很难见到上述学科借用文学理论的知识和方法来解决它们的问题。这是因为,文学理论不是一种"原发性"的理论形态,而是一种"继发性"理论。它是人们从某种"原发性"的理论立场出发去解释或操控文学实践的中介环节,这便形成了文学理论的中介性品格。"中介性"表现为:一端是作为人类精神活动的文学现象,另一端是同样作为人类精神活动的"原发性理论",文学理论处于其间,承担着沟通二者的天然使命。例如儒家用其儒学思想看待文学问题时就产生了儒家文论,道家用其老庄之学来观照文学现象时就形成了道家文论,柏拉图用他的理念论哲学观审视文学时就产生了柏拉图的文论思想,海德格尔用其存在论的现象学视角来考察文学时就产生了它的存在主义文论观等,古今中外,概莫能外。因此可以说从来就没有纯粹的文学理论,它的背后总有某种依托。从文学实践的一面来看,文学理论毫无疑问是文学的派生物。文学现象呼唤着解释,因此才有文学理论应运而生。所以文学理论除了受控于某种"原发性"理论之外,还要受到文学现象的直接制约。

(四)实践性

文学理论是对古今中外一切文学活动实践的总结,它的出发点和基础只能是文学活动的实践。实践是检验真理的唯一标准,文学理论的实践性品格,不但在于它来自文学活动的实践,也在于它必须经得起文学活动的实践的检验。文学理论的实践性品格决定了文学理论是一门生机勃勃的科学,先有文学活动的实践,然后才会有文学理论的概括。没有古希腊的神话、史诗和戏剧创作，便不会产生柏拉图的《文艺对话录》和亚里士多德的《诗学》等理论著作；没有中国古代辉煌灿烂的诗歌和散文，就产生不出钟嵘的《诗品》、刘勰的《文心雕龙》、司空图的《二十四诗品》、严羽的《沧浪诗话》，以及王国维的《人间词话》这样众多的文学理论著作。文学理论还必须经受文学实践的检验，并且随着文学实践和社会实践的发展而发展。一些从自然科学或其他社会科学中生发归纳出来的文学理论，同样具有实践性品格。如弗洛伊德用人性本能欲望的冲动、压抑、升华等概念来解释文学现象，认为文学如同"白日梦"，是被理性压抑的无意识深处的冲动的升华。文学的功用在于使作者与读者受到压抑的本能、欲望，得到一种补偿或变相的满足。这一理论的出现，一方面是基于人类的心理经验和心理事实而做出的概括；另一方面，在文学创作中，确实大量存在着无意识干预的现象。事实证明，这种理论具有存在的合理性，因而得到了社会的认同。这说明文学理论永远是生动的、变化的和开放的，而不是僵化的、静止的和封闭的。

二、中西文学理论比较

对中西文论进行比较研究，可以使我们更好地从整体上把握文学，加深对中西文论各自的特殊性和理论价值的认识，促进文学理论的学科建设。中西文论有着悠久的历史，由于知识论背景的差异，它们从开始就有着不同的理论个性和理论形态，具体表现在以下三个方面。

（一）表现与再现

西方传统文学观念重模仿、重再现，中国古代文学观念重表现、重抒情，这是中西文学理论最基本的差异之一。

在西方，以柏拉图、亚里士多德为代表的"模仿说"称霸了两千多年。他们关注文学与社会存在的关系，提出文学是对现实的模仿，强调文学再现客观世界的真实性。亚里士多德所说的模仿包含三种范型：按事物已有的样子，按事物应有的样子，按事物传说的样子模仿。亚里士多德的

"模仿说"开辟了西方文论的基本路径。文艺复兴时期,以莎士比亚、达·芬奇为代表的学者提出"镜子说",宣称艺术是客观现实的镜子,这是对模仿说的形象化表述。直到18世纪末,模仿说始终是西方文论的中心。浪漫主义兴起之后才开始从外在的现实转到内在的情感,产生了表现说。但是,模仿说仍然占据主流地位。19世纪现实主义文艺运动兴起之后,模仿再现说成为主流文论。别林斯基在很多文章中反复申述"艺术是现实的再现"的观念。另一位理论家车尔尼雪夫斯基也认为一切艺术作品都毫无例外地"再现自然和生活",他认为"艺术作品的目的和作用也是这样,它并不修正现实,并不粉饰现实,而是再现它,充做它的代替物"。

中国的古代文论偏重表现、抒情。最早的文艺理论是"诗言志",朱自清先生认为这个命题是中国古代诗论的"开山的纲领",包含了个体的社会性情感的表现。汉代的《毛诗序》对这一理论观点做了具体的阐述和发挥:"诗者,志之所之也,在心为志,发言为诗。情动于中而形于言,言之不足故嗟叹之;嗟叹之不足,故咏歌之;咏歌之不足,不知手之舞之,足之蹈之也。"魏晋时期的陆机在这个基础上明确提出了"诗缘情而绮靡"的主张,具有开一代风气的意义。从言志到缘情,宣泄情感,疏导欲望,"饥者歌其食,劳者歌其事",就成为中国文学一个重要的特点。人的喜怒哀乐之情是不能压抑的,而应该借助文学把它们宣泄出来,只要加以节制而不过度就可以了。所以要以理节情,以道制欲,发乎情止乎礼义。唐代以司空图为代表的诗论强调诗歌的美感作用,走的就是陆机的缘情路线;明代汤显祖和清代李渔都重视戏剧的表情性,是对这一路线的发展。可以说,中国古代文论是以情感表现为核心的,虽然它并不否认文学对现实的再现,但文论中的各个问题基本上都是围绕着主体情感的表现这个核心而展开的。

模仿和表现构成了中西文论不同的出发点和基础,形成了不同的理论体系。但就艺术实践的实际情形来看,它们并不互相对立,而是互相补充、互相渗透的。在对客观世界的模仿再现中,不可能没有对现实世界的情感态度,在表现主观情感时,也包含了对客观世界的再现。

（二）教化与审美

在文艺价值观上，中国古代文论和西方文论有着截然不同的取向。中国文论特别强调文学的教化功能，西方文论强调文学的审美功能。

在先秦时代，孔子便把文学的价值规定为政治、伦理的教化作用。他提出的"兴观群怨"说，直接的功利目的是"迩之事父，远之事君"，明确指出文学要为政治、伦理服务，对我国古代文学创作和文学理论建设产生了深远的影响。汉代的《毛诗序》提出诗歌必须起到"经夫妇，成孝敬，厚人伦，美教化，移风俗"的作用，认为诗歌创作要"发乎情、止乎礼义""主文而谲谏"。后来《毛诗序》确立了儒家正统文学观，明确指出："诗者，志之所之也，在心为志，发言为诗，情动于中而形于言。"而且强调诗必须"发乎情，止乎礼义"。也就是说诗歌的言志是包括"情"的，但它不能越出儒家礼义的界限，强调诗歌所抒之情必须经过儒家伦理道德的净化，确立了儒家诗教在中国古代文论中的正统地位。

后来经过刘勰、韩愈等人的张扬，"文以明道""文以载道"就成为古代正统文学思想中的核心理论。白居易宣称诗文应"为君、为臣、为民、为物、为事而作，不为文而作也"。直到清代，顾炎武还在大力宣扬"文之不可绝于天地间者，曰明道也，纪政事也，察民隐也，乐道人之善也"。总之，中国文学和文学思想具有高度重视文学的伦理教化的特性。

与中国古代文论重教化的观念有别，西方文艺思想史一直标举审美的价值观。亚里士多德把"净化"和"精神享受"看作学习音乐的最基本的价值取向。希腊化时期的伊壁鸠鲁派特别强调诗的娱乐性和优美词句的吸引力。贺拉斯提倡"寓教于乐"，他认为"诗人的愿望应该是给人益处和乐趣，他写的东西应该给人以快感，同时对生活有帮助……寓教于乐，既劝谕读者，又使他喜爱，才能符合众望"，可见其看重的也是文艺的审美娱乐价值，之后才是教育作用。到了康德的时代，文艺的审美性得到了突出的高扬。康德极力提倡审美的无功利性，他说："那规定鉴赏判断的快感是没有任何利害关系的。""一个关于美的判断，只要夹杂着极少的利害感在里面,就会有偏爱而不是纯粹的欣赏判断了。"黑格尔也表达过相似的观点,他说:"审美带有令人解放的性质,它让对象保持它的自由和无限,不把它作为有限需要和意图的工具而起占有欲而加以利用。"此外,维柯、文克尔曼、莱辛、鲍姆嘉通、谢林、席勒、歌德等美学家从不同角度探索过文学的审美性质。文学即审美的观念被19世纪唯美主义者戈蒂尔、王尔德做了系统的发挥,使文学的审美取向成为西方文学理论的主流价值观念,成为西方重要的文学传统之一。诚然,中西文论教化与审美的差异也不是绝对的。中国古代文论中曹丕的"诗赋欲丽"和陆机的"诗缘情而绮靡"等文学观念就体现了审美的自觉。西方亚里士多德的"净化说"也不能说没有教化的因素,只不过西方文论偏重审美的价值观,强调美与真的统一;中国文论偏重伦理价值观,强调美与善的统一。

(三)思辨与感悟

从形态上看,西方文论偏于理论形态,具有分析性和系统性,带有较强的思辨色彩;而中国古代文论则偏于经验形态,大多是感悟式、印象式,带有直观性和经验性。

西方文论是一种纯粹的理论思维,它注重逻辑分析的方法,通过一系列文学理论范畴或由诸范畴组成一系列的命题来演绎某种文学观念。正如叶维廉先生所评述的那样:"在一般的西方批评中,不管它采取哪一个角度,都起码有下列要求:第一,由阅读至认定作者的用意或要旨。第二,抽出例证加以组织然后阐明。第三,延伸及加深所得结论。""不管用的是归纳还是演绎——而两者都是分析,都是要把具体的经验解释为抽象的意念的程序。"在20世纪30年代的中国批评界,大多数学者都采用了这种理论框架结构,朱光潜甚至据此说:"严谨的分析与逻辑的归纳恰是治诗学者所需要的方法。"然而李健吾却是一个另类,他的批评文章大多并不遵循这样的范式,往往率性而为,结构较为松散,并不紧扣文章的主旨。因此它更像是一篇篇随笔,好像在和读者娓娓而谈,亲切、自然,有时甚至故意要游离主题,绕出一个很大的弯子。翻一翻亚里士多德的《诗学》,其分析的透辟，论证的严密，体系的纯正，充分显示出一种理论思辨的色彩，当时几乎无人能与之比肩。康德的《判断力批判》和黑格尔的《美学》都有完整的体系性和哲学的思辨性，这和西方从古希腊开始就讲求知、重自然、重科学和理性的文化传统有密切关系。这种逻辑思辨形式一直到20世纪现象学美学出现才受到质疑。

中国古代文论基本上是非逻辑思辨的直觉感悟，它多是诗人、作家对文学创作和文学阅读的经验性总结，大多是即兴而发，点到即止，缺乏深入的理论分析和概括。大多采用诗话、词话、曲论、小说评点的方式，用诗的语言、生动的意象表达对文学的见解，像钟嵘的《诗品》、陆机的《文赋》、司空图的《二十四诗品》，直到王国维的《人间词话》，都是这种感悟式批评的代表。它们往往从对文学的具体感受出发，抒写自己的一得之见和点滴体会，片段式的批评中又不乏对文学的真知灼见，自有一种生动和精警，许多理论言说美妙而耐人寻味，诸如"感兴""滋味""神韵""兴趣""气象""意境"等，都是古人美感经验的直觉把握。正如钱钟书先生所说："诗、词、笔记里，小说、戏剧里，乃至谣谚和训诂里，往往无意中三言两语，说出了益人神智的精辟见解，含蕴着很新鲜的艺术理论，值得我们重视和表彰。"这种感悟式批评是我国传统文论的显著特色。需要指出的是，中国古代文论虽然在理论形态上零散而无系统，但却有着内在的联系，有一个潜在的体系建构，而刘勰的《文心雕龙》、叶燮的《原诗》等批评著述，其体系的严谨和思辨的特色也是很鲜明的。以上从理论个性、价值功能和理论形态上比较了中西文论的差异，造成这种差异的原因主要有以下三个方面：

第一，中西文论的哲学基础不同。任何一种文学理论都是以一定的哲学作依据的。西方哲学史上，长期以来占主导地位的是"主客二分"的哲学原则和思维模式。主客二分的特点有三：一是实体性，就是说，把主体、自我和客体、非我看成独立自存的某种东西；二是二元性，即把主体与客体看成彼此外在、相互对立的东西，换言之，二元性就是指主客分离，即使讲主客统一，也是在主客二分的基础上讲统一；三是超验性，即承认有超感性的、超经验的、形而上的本体世界。所以要超越主客二分，就要超越实体性、二元性和超验性。在"主客二分"的哲学原则指导下，西方文论的最高境界往往表现为对于文学结构要素的明晰阐述。中国的哲学原则和思维方式是"天人合一"，客观世界与主观人类是一体的。这种"天人合一"的思想，不是把自然当作仅供认识的对象物，不去追求纯自然的知识体系，而是力求与外间世界相统一，人与自然相亲相爱，使虚灵圆融之境成为中国文学理论的最高境界。而儒家的"天人合一"又包含了道德的内容，因此儒家诗学表现出重视扬善去恶的教化作用。

第二，中西文论的知识论背景不同。文学理论理解文学现象不是由文学现象本身而是由某种知识论决定的。例如人类最初创作的神话、歌谣、史诗这类作品本来就没有"模仿"和"表现"的分别，而中国最古老的文学理论命题"诗言志"就只强调古代诗歌中的表现性一面，将其中所蕴含的模仿、叙事、记录诸种功能给遮蔽了，西方亚里士多德关于悲剧的定义也在一定程度上压制了古希腊悲剧的表现性功能。这里的原因很简单，中西文论的背后是两种截然不同的知识论系统。中国以"言志""缘情"之说为主导，西方以"模仿""再现"为基本路向。

第三，中西文论的文学实践基础不同。一定的文学理论都是建立在一定的文学实践基础上的，中国和西方的文学实践有着各自不同的面貌，从而形成了两种不同的理论体系。西方文论源于古希腊的史诗、戏剧、雕塑，这些艺术情节比较具体，偏重对自然的模仿，是再现性的。因此，探讨艺术怎样模仿自然，模仿什么样的自然，就成为西方文论的重要传统；中国古代的文艺实践主要是诗、词、歌、赋、绘画和音乐，这些艺术偏重抒情写意，比较抽象。因此，中国文学理论就形成了重表现的传统。

第二节　英美文学研究方法论

相对于文学艺术的创作，文学艺术的研究与理论探寻则是较晚的事情。对于文艺的研究总是从无意识到有意识的认知，从凭知觉的感悟到富有理性的研究，从点评式和感想式的评论到全面和系统的理论探索，这是文学研究发展的历史轨迹。

文学试图揭示人类自身的生存意义与价值。关于人类生存意义与价值的深刻内涵大多以隐喻、密码等象征形式隐藏于文学作品里，所以，对于文学的解读与阐释总是因时代背景、个人素养、价值观念、研究方法等因素而不同。每个时代的人们都希冀在方法论上有所突破，进而更加接近文学的本体或更深地触摸到文学本体的深层。所以，方法和本体是揭示、敞露本体的中介形式，方法论和本体论并非互相对立，而是相生相契、密不可分的。本体是方法的本源，方法是通达本体的中介。一定的本体论或世界观原则在认识实践过程中的运用表现为方法。方法论是有关这些方法的理论。没有和本体相脱离、相分裂的孤立的方法论，也没有不具备方法论意义的纯粹的世界观或本体论。显而易见，方法论不仅仅是个简单的方法问题，而是一个复杂的价值观和世界观问题。

西方文论演进大致经历了三次革命性的"观念"变革，可谓愈来愈深刻、愈来愈通达。从古希腊到欧洲启蒙运动是第一阶段，在这一漫长时期，人们对世界的图像勾画大致上是统一的，基本上受古希腊哲人亚里士多德影响。启蒙运动之后是第二阶段，理性的太阳如日中天，普照着西方世界。这一时期，人类好像是青年，情感上和心理上处在躁动不安状态，具有一定的理智判断但仍对许多问题感到困惑不解，童年的"欢乐时光"正如东去之水"一去不复返"，人类在慢慢感受着成长的"苦恼"与"烦心"。19世纪至今是第三阶段，人们对理性逐渐质疑、不断挑战它的权威性和怀疑它的超越时空性，最后理性的大厦终于在人们新观念的有力冲击下轰然坍塌了，统一的世界图画在人们审视的目光前分崩离析，世界变成了一个完全陌生的、荒诞的、无意义的，甚至是不适合人类居住的怪异星球，这就是"荒诞主宰世界"时期，处在这一时代的人类完全是一个成熟的人，具有认识自然、征服自然和改造自然的能力，但又是最为不幸的人，因为他要面对的是一个冷冰冰的物质世界、一个失去了神秘色彩的世界，毫无温情可言。这三次"观念"变革代表了西方人对世界认识的不断深化，大自然在人们面前渐渐被剥去它神秘的外衣、失去它神圣的光环,可以说,人类在征服自然过程中取得了一个又一个伟大胜利;但从另一个角度看,人类诗意地"安居"成为不可能,科学和技术的巨大成就与进步使得人类在精神上"无家可归"、"流离失所",不知何时是归期,不知何处是故土,失落了精神家园。

20世纪是西方社会发生深刻变化的伟大时代,文学研究方法的空前多元化透视出西方在思维的各个领域所进行的多层次、全方位的空前伸展。

美国著名文艺理论家 M. H. 阿布拉姆斯在他的文学理论经典《镜与灯》一书中提出了"文学四要素说",并简洁地用三角形排列出了它们之间的关系。阿布拉姆斯根据三角形中各个要素之间的关系,把所有文学研究方法纳入他的理论框架之中,归结为四大类,即"模仿论",文学作品对宇宙或世界的反映;"实用论",读者对文学作品的理解与阐释;"表现论",作家把自己的内心世界外化,形成文学作品;"客观论",就作品研究作品,不涉及任何其他方面。

后人根据批评家研究"四要素"的不同侧重性,把他们分为若干文学研究流派,并形成以下四大方面的文学研究法:

作家研究:从作家出发,研究他们的创作心理和创作过程。这方面汇集了许多流派,代表方法有精神分析研究法、原型批评研究法等。

作品研究:从作品入手,研究作品的"特异性",在这一流派看来,作家、读者、社会都无关紧要,只有作品才是应该探讨的本体。这一方面以俄国形式主义、美国新批评派等为主。

读者研究:把读者放到了前所未有的中心位置,他们坚信,未阅读过的作品仅仅是一种半成品,或"可能的存在",它的价值并未得到实现。主要有"接受美学"和"阐释学"等。

社会文化研究:从社会、文化与历史背景切入文学的研究方法,强调文学与社会、文化及历史背景的紧密关系,以"社会历史研究法"为主。

"西方文学批评理论与哲学结下不解之缘,思辨深邃是其长处。"从阿布拉姆斯的理论归纳与总结中可见，人文学科的研究具有浓厚的自然科学研究特征。其研究方法更加科学理性，理论思维更加缜密精细，研究结果更加可信可靠。因此，阿布拉姆斯的归纳是具有划时代意义的文学研究方法的总概括。尽管如此，他这种以作品为核心的三角结构也含有简单机械的缺陷，体现不出作者、世界和读者之间的交互关系，以及它们与作品的交互关系。针对这一"缺陷"，刘若愚先生将四要素排列成顺逆双向流动的圆圈结构，弥补了阿布拉姆斯模式之不足，四要素之间的有机性和整体性无疑得到了加强。但是，它又取消了阿布拉姆斯符号结构中的作品中心地位。可见，任何理论构架对于丰富多彩的研究对象来说都是有缺陷的和不完善的，但这丝毫不会影响人们借助理论去观照文学作品，因为所有理论都是人类对现实对象认识的飞跃与升华，需要不断升华，不断改进，而实践则是理论所深深植根的沃土。任何理论的概括总是滞后的，而实践则是日新月异的，处于永恒的变化之中。

第三节　英美小说理论发展研究

在英美文学批评漫长的历史长河中，小说批评理论的产生是比较晚的。从英国小说产生之初的 18 世纪，小说家就在自己的小说序言或小说中发表对小说的见解，甚至到了 19 世纪，英国小说创作达到了空前的繁荣，小说批评理论仍停留在那种"评点"漫谈式的准理论阶段。进入 20 世纪，小说批评的面貌为之一新，重要标志是系统的小说理论专著不断出现，所探讨的问题也由原来单纯的"情节"与"人物"等拓展到小说文体，这是小说理论发展的必然。本节以英美小说代表性理论专著（主要是具有划时代意义的理论专著）为主线简述英美小说理论发展的重要观点及其对小说美学发展的贡献。

一、英美小说的准理论阶段——前詹姆斯时期

小说是文学百花园中的后起之秀，小说理论研究自然滞后。对此，韦

勒克也曾不无感慨地说，"无论从质上看还是从量上看，关于小说的文学理论和批评都在关于诗的文学理论和批评之下。"在西方，一些著名理论家如马克·肖勒和瓦尔特·爱伦都认为，在现代文学批评界决定把严肃的地位赐予小说家以前，英国没有任何小说理论批评。甚至还有学者如爱德蒙·威尔逊认为，"英国一直等到詹姆斯的出现才有了自己的小说理论。"而我国学者殷企平先生则不同意这种看法，他认为在19世纪不仅有许多著名小说家如狄更斯、萨克雷、乔治·艾略特在创作小说的同时发表了不少富有真知灼见的理论见解，更有学者专论小说艺术的理论著述面世，如布尔沃·利顿的《论小说艺术》等。在《小说的用处》一文中，殷企平先生令人信服地论证了詹姆斯之前英国就已有了小说理论，可称之为"小说的用处"。具体地说，就是指小说的五种"实用"功能，它给个人或社会以某种好处，即道德功能、社会功能、预见功能、认知功能、愉悦功能。他还详细分析了这一小说理论产生的历史原因：第一，任何捍卫小说地位的势力必先着眼于阐明小说的各种作用；第二，功利主义哲学思潮为强调小说各种实用功能的观点提供了养料；第三，传统的英国文艺批评理论起着不可忽视的作用。小说这一体裁从降生就受到大众的青睐，但是许多文人雅士都极力贬低它，称之为"低级体裁"，认为"阅读小说有害无利，充其量也只能使人自我放纵"。所以，一些小说家努力为小说这一体裁正名，也有人不把自己的小说称其为小说，而称之为"滑稽传奇"或用"散文写的滑稽史诗"。这从另一方面说明，小说正在为确立自身的生存地位寻找根据。整个19世纪，英国小说创作虽然达到了前所未有的繁荣，但小说理论却只是围绕"小说的用处"，反复说明它的功用。

在这一过程中，虽然也曾有人论及小说的理论问题，诸如"叙述视点""作者引退"等，但却不曾进行过详尽而系统的探讨。一些著名的小说家如乔治·艾略特虽在自己的小说中或其他场合发表过一些关于小说的见解，但是这些见解有的是作为小说内容的一部分，有的则失之零散。由于英国乃至整个西方世界具有浓厚的理论传统，对这种尚处在准理论探讨阶段所形成的看法不称其为理论也是情理之中的事。因此比较普遍的看法是亨利·詹姆斯是第一位自觉的小说家兼小说理论家,他既有系统的小说理论建树,又有卓越的小说创作实践,他的小说创作实践完美地体现了他的小说理论。

二、英美小说理论的肇始——詹姆斯的小说理论

詹姆斯虽被认为是西方小说理论的奠基人和开创者,但是除了一篇《小说的艺术》的专论之外,他对小说的看法大多散见于他作品的序言中,失之零散,必须进行一番梳理,才可归纳出他的小说理论的主旨。

首先,对小说本质的认识。詹姆斯曾这样界定小说,"小说按它最广泛的定义是一种个人的、直接的对生活的印象:这首先构成它的价值,这个价值根据印象的强度而或大或小"。他所谓的印象是生活中人人都会有的,但并不是所有这些印象都可变成小说艺术的材料。那么,什么样的印象才能构成创作的源泉呢?詹姆斯指出,艺术本质上就是选择,但它是一种以具有典型性、具有全面性为其主要目标的选择。显然,作家必须从自己的"印象"中选择,选择那些具有"典型性"与"全面性"的印象。同时,他还谈到另一个重要问题——小说艺术的先决条件,或者说作家应具备的重要能力。没有这一条件,小说创作就无从谈起。詹姆斯把作家的这种能力称之为"得寸进尺"的能力,即根据看见的东西揣测没看见的东西的能力、揭示事物的含义的能力、根据模式评价整体的能力。实际上,詹姆斯已明确地认识了小说本质上是虚构的这一特征。生活真实与艺术真实之间是有一定距离的,作家对"印象"的"选择"实际上就是把生活艺术化,把生活的真实上升到艺术的真实。在《小说的艺术》一文中,他花了大量篇幅谈论真实感问题,他甚至认为真实感是一部小说最重要的优点。因为,如果真实感不存在,别的一切优点都等于零。他在认识小说本质的同时发现作家可以凭借自己的虚构能力制造艺术幻觉,使之产生真实感这一美学道理。

其次,小说的叙述角度或叙述视角是作者与故事之间的关系。詹姆斯在《使节》一书的前言中把视角称为"主要规矩",而在这一主要规矩面前,任何其他的形式问题都会黯然失色。他的学生与追随者卢伯克在《小

说的技巧》一书中,以更为明白晓畅的语言表述了这一观点,"小说技巧中整个错综复杂的方法问题,我认为都要受角度问题——叙述者所站位置对故事的关系问题——调节"。角度问题是詹姆斯小说理论的核心组成部分。那么,他是如何看待各种叙述角度呢?他先对传统的"第一人称"角度进行了否定,认为它注定会使作品的结构变得松弛。他主张采用限制角度,或曰"单一角度"达到戏剧化之目的。詹姆斯还提出了"绘画手法"与"戏剧手法"作为他叙述角度理论大厦的两块基石。他虽在为自己作品所写的批评性序言中多次提到这两种手法,但都没有进行细致的阐述。还是卢伯克对这两种手法的阐述比较详细精确,他认为绘画手法指所有事件都在某个人物的接受意识屏幕上得到反映,而戏剧手法则是把读者直接置于看得见、听得着的事实面前,并让这些事实自己去讲自己的故事。这实际上就是对詹姆斯"绘画手法"和"戏剧手法"的详尽阐述与发挥。在詹姆斯的小说理论中,限制角度虽是他实现戏剧化的主要手段,但是他还设计出了几种叙述策略以补限制角度之不足。其一,当视点人物由于各种各样的原因不足以给读者以正确的引导,詹姆斯就会安排一组人物,这些人物"等距离地旋转在某个中心事物的周围",让他们从各自的角度"用足够强烈的光线来照亮有关事物的诸多侧面",他称这些人物为"油灯"。这些"油灯"会把小说中一些人物和场景的许多方面照亮,让读者看清他们与小说主题间的关系。其二,"提线人物",原意指用来控制木偶的提线。詹姆斯所谓"提线人物"特指他作品中代替作者向读者提供必要信息的一类人物,如《使节》中的戈斯德雷小姐和《淑女画像》中的斯塔克波尔小姐,她们一般都是主人公的心腹女友等身份。她们不仅是视点人物倾吐心里话的对象,而且还会从旁为读者提供一些鲜为人知的细节等。总之,詹姆斯用限制角度叙事,同时辅之以"油灯""提线人物"等叙事手段,从而使他的戏剧化手法呈现故事达到了炉火纯青的程度。他不仅用自己的创作实践扭转了维多利亚小说传统,还把自己的小说实践上升到理论的高度,从而使英国小说进入了一个新的阶段,即小说成为真正意义上的艺术。这是詹姆斯对西方小说理论发展的主要贡献。

最后,詹姆斯第一个明确提出小说"有机体"的问题。这个有机体论也是前人未道的,它意味着故事与主题、形式与内容是不可分的。也就是说,他把小说的形式看得与内容同样重要,甚至还认为小说完全取决于题材的处理方式,而题材本身却无足轻重。如何实现小说的统一性与有机的结合,他采用了三种方式,即"中心意识""场景系统"与"时间结构"。所谓"中心意识"就是指作品中的视点人物,他可以把作品的各个部分有机地统一起来;"场景系统"就是要在若干个场景间建立联系,每个场景内亦要具有连贯性;"时间结构"主要是指在一个比较紧凑的时间内展现"复杂情形",让读者感到可信,从而激起相应的情感。

总而言之,詹姆斯从一开始就对英国小说的现实不满,他认为英国小说没有理论,没有信念,没有一种对本身的感觉,没有认识到小说应是一种艺术信念的表现,是选择与比较的结果。他把小说当作一种特殊的艺术,追求完美的艺术形式,他本人的小说经过精雕细刻,最后使之连续而浑然一体,像任何其他有机体。另一方面,他并不喜欢经院式的理论大厦的构建。相比之下,他更擅长用短评和序言的形式阐述自己的艺术主张。他不喜欢讨论抽象的艺术标准,而热心于探讨具体的创作过程。由于他成效卓著的理论探讨和艺术实践,英国小说从他开始实现了从传统的仅仅关注外部情节的现实主义向旨在再现人的精神世界的现代主义的转变。但是,詹姆斯晚期表现出一种唯美主义和唯形式主义的艺术倾向,"文字艰涩难读,文风雕琢堆砌,一味追求高雅华美而失去了早期作品那种清新隽永"。他的艺术形式追求陷入了纯形式和为形式而形式的泥淖,受到了其他艺术家的批评。

第四节　文学批评理论对
文学研究和文学欣赏的指导意义

文学理论无疑可以帮助读者开启一扇观察文学世界之窗,即用不同的文学理论观照同一部作品,读者会产生不同的观感,甚至是相反的观感,因为不同的理论为我们提供了不同的视角,让我们看到了从其他视角无法看到的景观和气象。理论的指导意义不言而喻,它对我们的阅读实践和文学欣赏活动至关重要。可以说,没有理论指导的文学欣赏实践是肤浅的和表面化的活动,而肤浅的和表面化的欣赏不是真正意义上的欣赏,而是没有触及作品深层含义的浅尝。运用文学理论进行文学赏析绝不是追时髦,更不是为了理论而理论,而是借助理论解决我们欣赏中所面临的不能深入作品深层的、单调乏味的问题。

在文学欣赏活动中,文学理论对于文学阅读实践的指导价值显而易见。但也决不能从一个极端走到另一个极端,把整个文学理论或者把自己所钟爱的某一种丰富多彩、栩栩如生的文学理论当作教条,奉为金科玉律,排斥其他理论,甚至排斥对作品的细读。人本身的发展具有无限性和未完成性,建立在以人和人的生活为蓝本基础之上的文学作品和旨在帮助人们解读文本的文学理论也当然是无限的和开放的。任何一种高明的文学理论,无论它多么富有创见,它必然含有自身的不足和局限。任何理论都是具有二重性的,它一方面能够把我们引入一个光怪陆离、五光十色的文学世界,令人目不暇接,甚至流连忘返,同时也为我们狂放不羁的想象力设定了一个界限,限定了它的自由,遏制了它的奔腾步伐,使它变得温顺,甚至不敢越雷池一步。我们不排斥文学理论与批评方法对文学解读的认知功效,但也不应因理论的巨大作用而"削足适履"、生搬硬套去附和解说文学作品。

一、文艺研究的缺憾与魅力

在西方,文学的研究也像自然科学的研究一样,首先是分门别类进行孤立静止的研究,然后再进行综合。这种研究所具有的深刻性和优越性是很明显的,但它的危险性和危害性也不容忽视。任何作品被割裂之后进行剖析,可能再也不能复原,就某个局部而言,读者看得非常清楚,了解得非常具体,然而他们再也不会有初读作品之后那种浑然一体、整个身心沉浸其中的那番淋漓尽致之感了。人类对于世界的认识又何尝不是如此,如盲人摸象一般,只能获得相对真理和局部真理,不能获得绝对真理和全部真理,对世界的全貌无法一览无余,因此任何文学理论无论多么严密都只能是从某个视角所获得的"一孔之见",而真理的海洋则是人类永远无法穷尽的和无法总体把握的。唯其永远无法穷尽和整体把握,便生出"哀吾生之须臾,羡长江之无穷"的感叹,顿觉天高地迥、个体之渺小无足轻重,但另一方面,也正因为人无法穷尽宇宙之奥妙,宇宙在人面前完全是一个未知的领域,越发魅力无限,令人神往,令人遐想。文艺的研究也是一样,对于优秀的文艺作品,人们永远无法穷尽它们的奥妙,因此它们在人们面前就永远是一个诱人的未知世界,引无数文艺评论家竞展他们的阐释才能与丰富想象力。

二、对于文艺理论应采取的态度

对于理论,我们既要展开双臂拥抱它,但又要时时刻刻警惕它的片面性和局限性,充分利用理论为我们的文学欣赏插上翅膀,引领自己的想象遨游太空,同时要不断摆脱和除去理论为心灵强加的枷锁。既用理论,又不为理论所囿,永远保持精神的自由与阐释的个性化和独创性。这才是我们对于文艺理论应该采取的正确和恰当的态度。

文艺批评理论不仅对文艺研究具有重要的指导意义,而且它自身也具有意义。著名文学批评家童庆炳教授一贯主张文学批评理论要学科化和专业化。关于文学理论自身产生意义的观点,有人认为它产生于人类内心的渴望,"只要人还有缺陷和不满足,只要人还有梦想和希望,只要人还有追求还有发展的欲望,人的内心就不会冥灭乌托邦理想,人就会对一切事物——包括各种学术——有着终极的追求和向往"。文学是对人类生存方式的审美观照和审视,因此它就不可能离开对人本身的观照,即关注人的命运、人的主体性地位、人的精神与人的自由等"以人为中心"的种种问题。研究文学的理论自然而然地关注"以人为本"的核心问题,人应该永远是文学的出发点和落脚点,一切关于文学的学术研究目的都是在试图理解人、关注人和他自身的解放与精神的自由。文学也曾派生出各种意义,服务于各种目的,甚至在某些特定的历史阶段成为一种工具,具有了功利性和临时性的特征,但是它最高的意义和终极的目的总是以人为旨归的,解放人和使人摆脱物化是其最崇高的终极目的。

德国哲学家康德在研究义务和人格之后认为,道德法则具有客观性的一面,但是也有与客观性对立的主观性、感性的经验的明显倾向。人是复杂的,也是多面的;人是一个充满矛盾的集合体,又是各种社会关系与各种因素的交会点;人是宇宙之谜,斯芬克斯之谜,文学是在描绘、展示和探索人类之谜,通过文学理论,我们希冀从文学文本中多挖掘出一些具有人性的东西、多揭示出一些具有人的本质的东西,以丰富和深化我们对于人类自身的理解与认识,"认识你自己"是一个永恒的命题,只要人类存在一天,对于该命题的认识就不会完结。

在文学活动中,我们应该对于理论有一个正确的认识,把理论始终放到重要的指导地位,指导我们的文学创作和研究活动,同时应该清醒地认识到:理论是灰色的,只有生活之树常青;文学文本的分析是必要的,但是不带任何理论的阅读、浑然一体的阅读才是真正赏析的开端。所有真正的文学欣赏活动都从文本的细读开始。首先,跳入文学文本的河流之中,感受它的清凉,这是感性阶段,也是比较畅快的"知其然"阶段。其次,在畅游之后,欲知河水为何如此清凉便进入了理性欣赏阶段,这是"欲知其所以然"的高级阶段。这两个阶段缺一不可,第一阶段是第二阶段的前提与准备,而第二阶段则是对第一阶段的深化与升华。

三、文艺知识与文艺修养

在文艺欣赏与评论中,有两个重要概念需要区分清楚,即"文艺知识"与"文艺修养"。一般人会把两者混为一谈,其实一个有高度艺术修养的人当然会有比较充分的艺术知识。但是,艺术修养的根基并不在艺术知识中。艺术知识是对已发生过的艺术现象的理性记录,其本身是非艺术的。文艺知识与文艺修养有关系,但并非等同。有文艺修养的人一般比较有文艺知识,但有文艺知识的人未必有艺术修养。我们应更加关注文艺修养的培养,而不是文艺知识的灌输,尽管在我们的文学教学中需要灌输一些必要的、属于常识性的文艺知识,但那不是我们的主旨和重心。

关于培养文艺修养,余秋雨教授建议,"学一门艺术行当练着玩玩。演演、唱唱、画画,均无不可。倒不是想当艺术家——这是另一回事了,只是通过练,来深化对艺术创造的感受。有了这种感受,反过来,会对艺术欣赏产生更恳切的体验"。许多搞文学评论的人从未尝试过写哪怕是一篇短篇小说或一首小诗,这是一种欠缺。有了一点点切身体会,再进行文学艺术的批评自会有不同的感受,艺术的感觉也会有一点,天长日久,文艺的修养也自然会培养起来,更重要的是人的总体素质会提高,人格也会更加健全,个人的品位也会提高,文艺评论也才能深化。在英美文学的研习过程中,自觉培养自己的文艺修养和情操才是首要任务,而绝不是仅仅关注历史事实的梳理、关于作品知识的积累和作家及作品名称的记忆。

第五节　文学教育及其重要意义

一、文学教育概念界定

尽管文学教育的概念界定至关重要,但人们对此误解颇多。关于文学教育,有人把它等同于文学教学,这显然是不妥当的。文学教育应该是在形而上的层面展开,旨在提高人的总体素质,而文学教学则是在形而下的层面进行的一项具体的教学活动,其目的是通过文学作品的耳濡目染,使学生在人文素质方面有一个质的飞跃,两者之间既有着非常密切的联系,又有很大的区别,这是我们不得不审视与洞悉的。也有人把文学教育(尤其是把英美文学教育)当作语言教育,持此观点的人认为,在语言教学中,所选语言教学材料是文学作品,也就是进行文学教育了,这更是错误的看法,因此必须纠正这种不正确的看法。

对于外语学科的学生,文学教育(这里主要指英美文学教育)应是既迥异于语言教育,又与语言教育遥相呼应、互为依托的两个重要方面。

英美文学教育一直是重要的学习课程,英美文学教育离不开文学教育,只有充满人性和温情的文学才能真正实现英美文学教育的怡情修养功能。语言教育具有极强的工具性特征,旨在培养学生"可言说"的语言应用能力、文字表达能力,赋予学生"生存""谋生"之本领与实用型和复合型人才培养目标完全一致,受到学生们普遍认可。我国教育界的有识之士认为,语言教育的工具性应当坐实在字、词、句及实用文体的写作范畴之中。这种工具性训练,其基本目标是培养学生对字、词的约定俗成、普泛化使用过程中的确切指涉及意义生成的相关语境的体认,所侧重的是准确性,这里所量化的是学生对语文的使用、操作能力,并以此生成知识的体系、层次。打个比方,这种工具性犹如智能化计算机一样,可以依据规则运行、操作,进行一种形式逻辑的判断。所以,我们把语言教育定位在语言的应用能力培养这个层面。而文学教育则属鲁迅先生所说的"不用之用",强调它的"不用性",旨在培育学生的"不可言说"之感受能力与鉴赏能力,不是"不用",实则致力于形而上之"大用",如果说"知识性"的东西是要求体认,这种体认可以有序并且必须有序地进行,那么文学(艺术)则是鉴赏,即整体性把握,非"我融"性,而是"融我"性,文学是以感染、"诱惑"方式被接受的,从"感觉语言"始,到生成"语言感觉"终。如果说语言教育的工具性是学生们容易接受和普遍认可的,那么文学教育则是时下许多人难以接受的,甚至还普遍存在一些错误的认识,这主要由两方面的原因造成:其一,文学教育自身的特点决定了它不可能在短时间内发挥作用,即使发挥作用,也不是"立竿见影"式的,而是长期的、潜移默化式的缓慢"浸润"与"滋养";其二,社会普遍弥漫着一种"急功近利""急于求成"的氛围,"短视性"是其显著特征,人们心理浮躁,耐不得寂寞,坐不了冷板凳。就个人的长远发展和民族的长远利益,文学教育是一项费时、费力、不容易见成效的、极其坚苦卓绝的工作,但同时又是一项意义深远、功德无量、旨在提高民族整体素质的人文工程。

虽说文学教育应从孩提时就开始,但与母语教育不同的是,英美文学教育是外语学生在外语学习的高级阶段才能实施的,在学生的基本语言关过了之后,还应持续下去,甚至应该成为终生的教育。文学教育的特征主要有三:第一,培养学生的思维能力,包括辨别分析能力、批判能力和选择能力。文学作为一门艺术,本身就是对社会生活的反映和提炼。英美文学,尤其是英国文学,其历史跨度大,文学流派众多,作家星罗棋布,作家风格纷繁多样,其中的内容可谓包罗万象,精华糟粕共存,英美文学教者若面面俱到,势必浮光掠影,不深不透,这就要求学生自己去探索,去选择,去实践。文学课教者要正确地引导学生批判性地看待文学作品,让他们学会从文学中认识世界和人生,培养他们一种新的思维模式;多引导学生去独立思考,抓住自己的思维灵感,寻找自己的评论视角;鼓励学生个性化学习,增强学生主体意识,发挥他们的积极性、主动性,以便更好地培养他们的创新意识。第二,培养学生的想象能力,包括举一反三的能力、从有限推知无限的能力以及从可见事物想象不可见事物的能力。第三,培养学生的创造能力,让他们能富有创造性地、灵活地解决问题,且仍不失其原则性,能设计富有创意的方案并能实施之,以及开创全新的领域或工作局面。这应该是文学教育所致力于达到的目标。

二、文学教育的意义

文学教育在古老的中国具有深厚的传统。孔子早就把中国的诗歌经典《诗经》看作教育的经典,认为"不学诗,无以言"。文学在古代中国扮演着多种角色,发挥了多种社会职能,渗透到了社会生活的方方面面,因为在古代中国文史哲不分家,甚至连社会科学的其他门类也不分家。19世纪末至 20 世纪初的中国处于风雨飘摇之中,面对列强的"坚船利炮",封建制度下的中国无力应对,在优秀的知识分子积极探索振兴中国之路的进程中,文学被摆到了前所未有的救国救民的重要位置,如性情刚烈的鲁迅决计放弃医学,开始从事拯救中国的文学创作生涯,从"治愚"开始,疗治国人的民族"劣根性",拯救积弱积贫的祖国,希冀借文学以"新民",而后再图国家之振兴。梁启超先生也寄希望于文学,他把文学的功能概括为"熏""浸""刺""提",指出"欲新一国之民,不可不先新一国之小说。故欲新道德,必先新小说;欲新宗教,必新小说;欲新政治,必新小说;欲新风俗,必新小说;欲新学艺,必新小说;乃至欲新人心,欲新人格,必新小说"。文学历史地承担了培养"新人"、改良国民责任,使他们成为具有"自尊""公德""合群""国家思想"的公民,以担负起拯救国家之重任。实际上,文学还有更为丰富的"内在价值",不仅可以慰藉人孤寂的心灵,还可陶冶人高尚的情操与塑造人伟大的人格,为人类开辟广阔的精神空间,这便是文学非功利的一面。即使在国家处于危难之际,伟大的教育家蔡元培、王国维等仍倡导这一精神，旨在利用文学内在价值塑造国民的人格、培育国民的精神，希冀通过审美教育而"救人"，进而"救国"。

在西方，伴随着工业革命，不仅有生产力的突飞猛进，物质生活的极大提高，社会生活的快速进步，更有一批具有浓厚人文主义思想与批判性思维的哲人对那些巨大进步背后所包含的潜在危机和负面效应进行审视与思考，甚至是猛烈抨击。在英美19世纪的小说中，对物质进步的反思性和批判性描述比比皆是，表达了作者对于机器时代的到来所可能产生负面影响的担忧以及对机器非人化的抨击。我们特别需要这样的思想家和哲学家对现阶段物质文明建设中存在的深层次问题进行反思，更需要教育家、文学家从人类精神的层面、道德体系的层面批判性地审视现代社会所存在的各个层面道德异化等问题。

文学可以在塑造人格与精神，抵御物质主义侵蚀、防止人的异化与物化、丰富人的心灵世界等方面发挥不可估量的作用。学生在学习语言的同时，能更好地接受系统的英美文学教育，深入了解西方文化，这样不仅可以更加深入、更加全面地了解西方社会与西方人，还可以更进一步深化英语语言的学习，提高跨文化交际能力，在一个更加广阔的领域和更加深刻的层次上进行学术、文化、教育、贸易等方面交流，既可接受和吸收西方文化、文学之精髓，又能远播中国文学与文化之精华，达到中西双向互动交流。

英美文学教育的重要意义在于它能促进学生英语语言技能的发展，能促进学生英语语言的学习和文化素质底蕴的培养。文学是语言的艺术，最美的语言主要存在于文学语篇之中，所以文学文本给英语学习者提供真实可信的阅读文本，对他们语言技能的发展益处良多；文学语言的使用颇讲究遣词造句，词汇的微妙涵义与繁复的句式可以在语言层面拓展学习者的语言能力。阅读是读者与文本的交互过程，因此，我们同样需要研究造成语言学习者或群体在对第二语言输入解码方面意愿与能力不同的诸变量，如情感、态度和经历等。对多数学习者而言，文学文本也是激励他们去阅读的情感和动力因素，因为优秀的文学文本本身妙趣横生，令人爱不释手。文学文本可以帮助学生提高他们的阅读能力，对实现他们自己学业目标或职业目标大有裨益。文学阅读不是对文本的反映活动，而是通过文本这一中介读者与作者之间的交互作用活动。通过这一阅读活动，达到与作者的对话的目的，从而提高自身语言的水平和素养。此外，英美文学教育可以培养学生文学鉴赏能力、文学品位与健全的人格。优秀文学作品长期潜移默化式的陶冶与"润物细无声"般的滋养必然会在学生总体素养的提高和审美情趣的养成方面发挥不可估量的作用，使学生逐渐成长为"有品味""有情趣""有鉴赏力"的人。余秋雨教授指出，"一旦我们摆脱急功近利的狭隘观念就会懂得，只有艺术修养在社会上的升值，才会全方位地提高人们的精神素质，协调人际关系，重塑健全、自由的人格形象，从而在根本上推进一个社会的内在品格。从人类发展的总体而论，军事、政治、经济等再重要，也带有手段性和局部性，唯独艺术，贯通着人类的起始和终极，也疏通着每一个个体生命的童年与老境、天赋与经验、敏感与深思、内涵与外化，在蕴藉风流中回荡着无可替代的属于人本体的伟力"。艺术于人更具有永恒性和深远性，因此它对于全方位提高人的精神修养和健全人的精神世界都是必不可少的。艺术的修养对于人来说并不是可有可无的，没有艺术修养，人生就会黯然失色。而对于具有良好艺术修养的人来说，他的人生则丰富多彩，他的全部人生节奏都被古往今来的艺术大师们充实过、协调过了，因此，他是汇聚着人类的全部尊严和骄傲活着，他的一个小小的感受，很可能是穿越千年历史而来，而且还将穿越漫长的未来岁月。他往往童真未泯，真诚地用自己的身心，为越来越精明的人类社会维系住一个童话世界。可见文学艺术对于个人与社会群体都是不可或缺的，具有终极性的目的之特点。英美文学教育还能培养学生的文化宽容精神，促进学生语言基本功和人文素质的提高，增强学生对西方文学及文化的了解。在学习英美文学文本过程中，学生逐渐意识到他们所生活的这个世界是个文化的百花园，各种不同的文化之花尽情绽放、争妍斗艳。培养学生的文化多样性意识与培养他们的文化宽容性是完全一致的。同时，开阔他们的胸襟、增强他们的想象力与增加对他人的理解也是文学艺术要实现的目的之一。通过英美文学教育研习异域文化，领略异域文化风采，可以开阔胸襟，逐渐培养文化宽容意识。

第二章 英美文学教学及相关问题

第一节 英美文学的教育价值及教学方法

一、英美文学的教育价值

当今英美文学教育的教材广泛比较了国内外现有同类教材,吸收了近几年国内外最新研究的文学成果,按照选取适合学生阅读又具有代表性的常见作品为原则,并且结合编者自己多年的教学和研究体会,以美国文学发展的历史为顺序,编选了各个历史时期主要作家的代表作品。在体裁上,注意了诗歌、小说、戏剧与散文的适当比例。每章的内容包括历史文化背景、作者简介、作品选读、注释和思考题等。与其他同类书相比,英美文学教育教程扩大了入选作者,调整了选读作品,增加了学习思考题,从而使教程内容更加充实,语言叙述更加简明,选读作品的难度也相对应地降低了,这将有利于学生对知识的理解与掌握。英美文学教育可以作为普通高等院校的专业教材,也可以供独立学院、教育学院、广播电视大学、成人高等教育及社会上英语自学者学习使用。

英美文学教育是可以使学生更加有效地掌握英语语言知识的平台,而我国目前高校教育中一直都偏重教学,而对于文学教育并没有给予充分的重视。实际上,文学教育就是对学生在语言艺术方面的培养,而语言又是文学的媒介,两者之间有着密不可分的关系。一些国外的专业学者表示,在语言教学中有必要将文学当成主要的教育课程,只有这样,才可以帮助学生在浩瀚的文学作品中吸取一些语言的精华,提高大学生对于语言感受能力和欣赏能力。在一般的情况下,文学大师们的生活背景和经历是不一样的，因此对于作品中运用的语言也是不同的，所以学生掌握更多的英美文学知识，才可以真正地感受到英语语言的魅力，提高学习的兴趣。

英美文学是一面镜子，它反映着英语民族的历史与文化，英美文学也是一束光芒，照亮着人们追求真、善、美的路途。英美文学课作为高校英语专业高年级学生的专业必修课，其意义和作用在于通过阅读和分析英美文学作品，深化学生在基础阶段所学的知识，提高学生语言的运用能力，增强对西方文学及文化的了解，培养学生的文学鉴赏力和审美的敏感性，以及敏锐感受生活、认知生活的能力，进而从整体上促进其人文素质的提高。具体来说，开设本课程的目的是直接提高学生的英语语言水平，使学生掌握英语文学和文化知识以及培养学生的人文素养和健全人格。

文学是语言的精髓，文学欣赏有助于英语水平的提高。在经过基础的语言教学之后，文学作品的阅读和欣赏无疑是学习外语的一个系统有效途径和必要阶段，文学阅读能使语言学习有质的飞跃。随着时代的前进，现代社会的多元化发展。弘扬人的主体性成为时代发展的主旋律。因此，在课堂教学过程中，让学生成为教学的主体是现代教学改革的必然发展趋势。更重要的是英美文学课凭借其得天独厚的人文学科的优势，应该成为培养学生独立思考和创造性思维能力的良好平台。

我国传统的英美文学课教学的主要模式是老师讲、学生听的"填鸭式"教学。这种教法抑制了学生主观能动性的发挥，不能有效地指导学生对文学作品进行深入、复杂的富有想象力和创造性的思考。

另外，该课程由于历史跨度大，文学流派多，作家的风格也纷繁多样，再加上课时少，其结果可想而知。经过一两年的学习，学生只能记住课堂上讨论过的作家名字、作品梗概，但整体印象只是模糊一片。随着我国素质教育的全面推进，高校教学中这种"灌注式"的单一教学模式日益暴露出它的局限性。如何调动学生的积极性，使英美文学课成为培养学生的自主学习能力以适应未来社会发展需要的一门课，成为教师们努力的方向。

（一）提高学生的英语整体水平

随着社会水平的日益提高，社会对于英语的需求也在逐渐升高。现在英语课本中的词汇量和词汇的难度不断地增加，再加上英语作为第二语言，学习起来本身就有一定的难度，所面临的外部环境也是一个很大的问题。面对难度日益增加的英语以及英语词汇，学生们学习起来常常感到非常困难，觉得不仅费时、费力、费脑筋，而且得不到很好的学习效果，往往是记住了又忘记了，总是呈现出反复无常的现象，始终无法找到很好的改良措施来转变这种恶性循环的学习模式。而且我国的学生对英语知识的理解能力还比较欠缺，这就造成了心理的压力、外部的压力、同学之间的竞争压力等。这些问题都是影响词汇以及英语整体水平提高的重要原因。面对这些不足之处，英美文学教育正好可以弥补这些不足和缺陷，它包含许多的词汇和语句，可以增加学生的词汇数量的积累，提高阅读水平的词汇扩大面积，从而掌握更多的英语知识，逐步使得学生的词汇知识储备高效率增加，也就在无形之中增加了学生学习英语知识的客观条件或者是科学依据，渐渐地提高他们的英语整体水平、英语技能与学习的能力，而英语能力的提高必将为学生以后的人生道路打下基础。由此可以看出，英美文学教育在英语学习的过程中起着非常积极的促进作用，便于学生学习英语，提升整体水平。

（二）培养学生良好的人文主义精神

英美文学教育的目标就是进行人性化的教育，把学生的人文主义理念思想逐渐地开发和引导出来，从而产生积极的思想，对社会做出有利贡献，树立正确人生观和世界观。人文精神是一种普遍的人类自我关怀，表现为人的尊严、价值、命运的维护、追求和关切，对人类留下来的各种精神文化、美德教育的高度重视，是一种全面发展的理想人格的肯定和塑造。究其根本，它是一个人、一个民族、一种文化活动的内在灵魂与生命。而人文精神的核心在于"以人为本"，这与英美文学教育理念的核心相吻合。二者都讲求人文关怀，进行内心世界的感化与最深层次对真实社会的认识与评价,以学生的利益为主要的发展目标,坚持以积极、乐观、进取的态度面对生活,把学生的一切放在首位。说到底,英美文学教育中的人文精神培养是形势发展的需要,社会进步的要求,它的顺利开展是志在必得,也是人心所向,值得我们越来越重视。

(三)培养学生正确的世界观、人生观和价值观

英美文学教育的开展增加了学习思考题,从而使教程内容更加充实与广泛,把社会各方面的人文关怀精神淋漓尽致地发挥出来。在课堂上播放各种题材的影片,让学生们在了解历史文化背景的前提下,品读并且认真思考影片中所蕴含的带有深远教学意义的正能量知识,完善他们对社会正能量的理解与推广,逐步以积极向上的、乐观开朗的人生态度来面对生活,微笑面对每一天,有助于自身身体健康的稳步发展和推动我国的社会向更加美好的明天而前进,为自己今后道路上的发展添光增彩,并且注入新的活力。

这样就可以教育与辅导学生走得更高、更远,相信在新的教育理念的指导和教育之下,学生们定会快速均衡地发展。这也在无形之中为社会培养出一批有知识、有素养、有远见、有抱负、有理想的新型人才。

(四)培养学生德智体美劳全面发展

英美文学教育扮演着自己独特的具有生动魅力的角色,其中包含了各方面的知识与人文素质理念,为学生的全面发展创造良好的先决条件,有助于培养学生德智体美劳全面发展。英美文学教育的行为举止直接影响着学生的教育与发展,因为这会在潜移默化中影响学生的发展以及效仿的能力,对学生教育工作的开展将有着非常重要的作用。我们需要在日常教育工作中不断拓展英美文学教育,在各大学校进行普及教育,从而逐步提高学生的人文主义精神,保障学生的身体健康指数,因此,需要向普通高等院校、独立学院、教育学院、广播电视大学、成人高等教育及社会上自学英语的学生们大力、广泛地普及英美文学教育课程,为国家创造各方面均衡发展的全能人才,促进人类教育事业的平稳、快速前行。

二、英美文学的教学方法探讨

(一)促进学生主动思维

为了改变以往教师"一言堂"的授课形式,我们开展了有针对性的课堂专题讨论,针对某一作家的某一方面鼓励学生在大量阅读理解的基础上开展调查研究,进行发散式的思维,鼓励学生发表个人独到的见解和进行相互之间的讨论,使每个学生都积极参与文学教学课堂。文学涉及作家、作品、读者和作品反映的世界四个要素,它不仅仅是语言艺术的形式,从更深、更广的意义上讲,它是复杂的社会生活的浓缩。而文学作品则是作者对人生的体验、感受和思考的记录。作为读者的学生只有把个人对生活的体验和感受投入作品里面与作者进行精神交流,才能达到对作品的真正理解,实现对作品所反映的文化意象的理解。因此,教师在授课时应采取启发和引导的方式,唤起学生的参与热情,调动学生的情感反应,让学生设身处地去感受体验,强调培养学生独立开展研究工作的能力,而不是一味地进行理性的抽象与概括。这样,在使学生切身感受语言大师们的语言艺术、学习巩固语言知识的同时,也让他们学会从文学作品中认识社会、体验人生,进一步提高学生的欣赏能力。

如在讲授 18 世纪英国浪漫主义诗歌时,采取教师引导、学生独立思考和发现的方法,分析积极浪漫主义与消极浪漫主义诗歌的差异。这种做法大大提高了学生的学习积极性,培养了他们分析问题的能力。值得一提的是,教师在教学中,应指导学生运用正确的方法将自己在文学作品鉴赏过程中获得的对作品的理解用文字表达出来,不仅这样深化了他们对文学作品的理解,同时又培养了学生的鉴赏力和书面表达能力。

(二)提高学生多角度分析文学作品的水平

学习英美文学,了解西方文化,实际上不仅仅要了解西方的文学艺术、礼仪习俗,更要了解西方的心灵史和思想史。因此,在英美文学教学实践中,可以通过具体文本分析,把现代西方文艺理论有机地渗透进去,让学生更深入透彻地理解作品的精髓和要旨,并指导他们自己加以运用。我们知道,要深入理解英美文学作品,就必须了解一些西方哲学理论和心理学观点。如弗洛伊德的心理分析、意识分层,达尔文的进化论以及萨特的存在主义等。传统意义上的文学研究是社会历史研究方法,注重的是人物分析、主题分析,而兴起于20世纪下半叶的文艺理论在一定程度上推动了文学自身的发展,同时也为读者理解文学作品提供了不同的认知方式,读者可以利用诸如结构主义、形式主义、新历史主义、女性主义和后殖民主义等当代文学批评方法解读作品。多元的西方文化及其流派体现了西方多元的思维方式和学术界的思辨传统,尽管这些流派都有其无法克服的弱点,有的流派甚至走向极端,但是对它们的了解和掌握既可以开拓学生的思维空间,使学生对文学的掌握和讲授获得更多的张力,同时也拓宽了学生的眼界。

古人云:"授人以鱼,不如授人以渔。"因此教师通过借鉴不同的文艺批评理论,采用文本分析的方法对某个作家作品进行个案分析与研究为学生提供了新的阅读视角,培养一种新的思维模式,而这也正是文学教学的目的所在。不同理论为学生提供了不同角度来赏析同一部作品,这不仅激发了学生对文学的浓厚兴趣,而且他们会在不同的思维方式和审美体验中收获快乐,获得启迪,从而在更高的层次上引导学生的专业学习,培养他们的创新能力和科研能力。

(三)激发和维持学生学习兴趣,培养学生的实践能力

在教学实践课程最终的目标就是传授知识,以此来培养学生交际能力和创新能力,也就是说实践教学相对于理论教学来说有着重要意义,对于提高学生学习主动性和兴趣方面起着关键作用,我们探讨的实践教学是在课堂上来完成的,例如:我们可以开展小组讨论活动,以此来提高学生的语言表达能力,可以对其某一篇作品展开讨论,进行收集、选择材料,指导学生撰写报告,提高学生的写作能力。

1.读完整的作品

作品选读虽说是精选经典作品的华章彩段,但由于只选片段,破坏了

作品固有的整一性,难免有支离破碎的感觉。只有认认真真读过莎士比亚的剧本,学生才能对莎士比亚的创作特色真正有所了解,才能说"我读过莎士比亚",才能与人讨论莎士比亚,也才能写出有自己见解的评论文章。阅读文学作品要从整体上去感受、体验,学生才会有所震动,有所启迪。

2.讲欣赏作品的方法

在传统的文学史课上,教师往往以"满堂灌"的方式,向学生传授文学知识。其实,生活在信息时代的学生可以很容易地通过网络、百科全书光盘等途径搜寻到这些知识。因此,英美文学课的重点应放在指导学生如何欣赏和分析作品上面。以英美小说为例,在阅读作品的基础上,要求学生分析主题表现、人物塑造、情节安排、叙述角度、象征细节、语言风格等。

3.写读书心得

读书贵在有自己的心得体会。文学作品可以为写作提供题材和内容,写作则又深化了对文学作品的理解,两者互为补充。文学是语言的艺术,许多名家均为语言大师。学生通过阅读,受其熏陶。因此英美文学课程的考核不应只是闭卷考试,还应包含撰写小论文,让学生加深对作品的理解。

(四)引导学生多角度思考

教师应该从各个方面着手,引导学生从不同角度、立场、认识层次上进行思考问题在课堂上播放各种题材的影片,让学生们在了解历史文化背景的前提下,品读并且认真思考影片中所蕴含的带有深远教学意义的正能量知识,完善他们对社会正能量的理解。并且在播放的过程中,教师需要引导学生进行多方位的分析,对社会背景、人物形象、时代赋予的使命、人物所处的环境、人物代表的意义等进行研究与分析,思考该剧中值得学生学习的地方。

(五)提高自身综合素质

英语教师需要不断提高自身的综合素质来促进英美文学教育工作的

开展。教师作为教授者和知识的传输者，他们的素质是非常重要的。他们教学能力的强弱，直接影响着学生文化素质的高低。当然，一名好的教师不一定教出优秀的学生，但是，文化知识不高的教师一定教不出学习好的学生。因此，英语教师需要不断地提高自己的英语水平，始终坚持"活到老，学到老"的理念，在闲暇时间不断地给自己充充电，补充一下精神食粮。英语教师还需要寻找一条适合学生学习的教学模式，把自己的英语知识以及学习的经验及时传授给学生，让他们得到正确的引导并能够快速记忆，使得英语水平的整体能力快速地提高。

（六）提升学生的学习兴趣

采取合作探究思考的教学模式，引导学生学习兴趣的提高与对生活的热爱。采取合作探究思考的教学模式，学会把学生放在工作的首位。在课堂中，应该多多地进行人性化教育，给予学生人文关怀，让他们自主合作探究、思考、品读、回味社会的优良传统文化，深刻了解知识的内涵与潜藏的文化价值所在，而不是简单地理解字面意思，这样就可以在思考中学习知识，在愉悦中品味人生的真谛。

（七）在教学中重视文论

文论教学的地位也是很重要的，目前所有的英美文学教材中并没有对西方文学理论进行很多介绍，另外，在教学课堂环节中，文学老师只是讲授时代背景，之后讲解作品作者的生平、思想内容等，再要求学生将所讲内容全部背下来，这样传统的、一成不变的教学方法是没有办法跟上时代发展的步伐的，不符合现代教学目标要求，最主要是这样的教学方法会导致学生对学习文学课程产生厌烦的心理，对学习失去兴趣，影响教学效果。对此，建议文学教学中对于一些作品背景知识可以让学生在课余时间，利用教材或是网络自学，可以在课堂上主要指导学生怎样赏析文学作品。

在高等院校、教育学院和其他教育场所开设英美文学教育课程，能够对学生教育工作起到很大的推动作用，促进学生深刻体会人文主义精神，培养学生高尚的道德情操和锻炼学生的优秀品质,可以提高学生的整体素质水平,完善他们对社会正能量的理解与推广,逐步以积极向上的、乐观开朗的人生态度来面对生活,微笑面对每一天。还有助于自身身体健康的稳步发展,从而拥有更加美好的明天。因此,在各大学校开设英美文学教育课程是非常有必要的。在发展的过程中,还需要不断推陈出新,找到适合学生发展的教学方法,从而促进学生全面均衡发展。

按照上述思路组织教学,英美文学课程既是英语语言文学课,也是一门素质培养课。学生主动参与文本意义的寻找、发现、创造过程,逐步养成敏锐的感受能力,掌握严谨的分析方法,形成准确的表达方式。这种既有丰富的感性经验,又有抽象的理性认识的教学过程,能够丰富学生的情感,培养学生的意志,养成健康和谐的人格。

三、英美文学教育在高等院校的实践

如今国内学者对英美文学教学方法、教学指导思想和英美文学对学生人文素质的提升作用等进行了较为深入的研究,有些学者的目光已超越了教学层面,并打破学科的界限和方法的界限,向纵深拓展。但很少研究者关注英美文学作为外来文化的载体对中国的高等学校学生的世界观、人生观和价值观所产生的影响,也较少关注英美文学教师对本身职业的自我理解。

中国的英美文学教育指有关学习者在不同的人生阶段、在课堂内外通过对英美文学史、英美文学作家、作品和批评理论的阅读和学习,批判性地吸取其中有益的文明和文化成果,培养自身独立的思考能力和人文素质,并积极参与本国社会建设的动态过程。在英美文学的教学实践中,对读者和文学老师来说,最吸引人也最令人难堪的问题,是文学和生活的关系问题,这是不能回避的问题。笔者聚焦于目前普通高等学校英语专业本科所开设的英美文学课程,略去众多学者已探讨过的教学方法、文学阐释方法、人文素质的培养目标和英美文学课程的边缘化等问题,预设在一种较理想的、较平衡的文学史、文学作品和文学批评三者之间的教学环境下,从文学和生活的关系的视角,审视高等学校英美文学教学中外来文化与中国当代文化既相对立又相融合的现象,关注学生的接受语境。从事英美文学教学的教师应充分把握学生对英美文学的接受和英美文学作品所赖以产生的历史和文化之间的距离,引导学生在英美文学知识的学习过程中,以成熟的鉴赏心态和能力来对待文学艺术,以此来培养学生的思辨能力和社会参与能力,达到一定的人文素质培养目标。

(一)英美文学教育中的历史、文化双重语境

目前国内高等学校英美文学课,主要是为英语专业和中文专业的比较文学和世界文学方向的学生开设的。中国学生所接受的英美文学教育,其实从高中阶段已经开始,甚至可以追溯到学生在儿童时代所阅读的童话故事或奇幻小说。不必说当年《快乐王子故事集》的读者,就连阅读哈利·波特系列奇幻的孩子也已成长为大学生。中国的英美文学学习者和研究者面临着双重接受语境,即其认知的文化底色是当代中国文化和几千年的中华历史,接受的对象却是英美国家的文化和历史。

对英美文学的接受问题,我们可以从西方文学界对中国文学和哲学的接受态度中得到一些启示。例如在谈到对中国道家的生态思想,即"负责任的'无为'"的接受时,拉塞尔·柯克兰指出美国人应该"考虑到道家文本所包含的理想和我们自己注重批判的阐释性文本之间在历史和文化上存在的差距,批判性地检视这些文本,寻找其真实意图,而不必考虑我们今天希望它们说什么"。英美文学教育是整个文学教育的一部分,也是英语教育的一部分。中国学者蔡基刚和廖雷朝所提倡的对 ESP 课程所采用的"学术英语"教学定位,也不妨扩展到英美文学的教学中,因为"学术英语主要是训练学生在专业课程中回答问题或做作业所需要的组织材料的写作能力,鉴别和防止学术剽窃的能力,引用资料为自己观点论述的能力,运用适合学术文体的结构和词汇的能力,学术阅读和记笔记的能力,学术小组的讨论能力,做演示和陈述的能力,有效听学术讲座的能力,开展项目和分析案例的能力,区别事实和观点的学术批评能力和符合学

术规范的能力等等"。这实际上着眼于更高层次的综合能力的培养，因此我们也必须关注英美文学作品、文学史和西方文论所形成的学术互补框架，把握英美文学文本的历史文化语境和学习者的本土语境之间的关联和距离，从以下几点入手，以达到对英美文学教育的良好接受。

首先，教师应教会学生"细读"文学作品。"细读"使我们能够辨别真伪，这是形式主义"新批评"留给我们的重要遗产。例如吴伟仁所编的《英国文学史及选读》是一本高水平的教科书，但其中存在一定的印刷错误，该书在描绘罗伯特·彭斯的爱丁堡经历中，突出了上流社会对庄稼汉诗人的嘲弄，但维基百科中的描绘却极为不同，甚至截然相反。根据后者，彭斯以有尊严的方式受到上流社会的款待，不仅在其赞助下出版了诗作的续集，而且在其中交了一些彼此欣赏的朋友，因之参与了苏格兰民谣的收集，受到了当时还是少年的沃尔特·司各特的极度崇拜。

其次，学生应初步了解当代文艺批评理论，通过对有关作品的研读全面认识现实世界和我们的人生。当今的英美文学批评界，各种理论竞相发声，文学批评者，包括大学文学课堂上的师生，以批判的精神对学术和社会问题提出自己的疑问和解答，这些问题涵盖了性别、种族、文化、生态、历史、哲学、科学、技术等各个方面。对理论的涉足不仅能提高学生的人文素养、审美情趣和艺术鉴赏力，更重要的是能够拓宽学生的学术视野，培养他们的批判意识。因此，课程教学的重心已从语言的流畅度和训练上升到批判性思维方式和人文素质的培养。如何引导学生梳理各个文学理论流派之间的继承和发展脉络，从文学作品中检视英美社会存在的各种问题，进而检视我们的人生和我们所生活的社区，培养学生的正义感和积极有效的社区参与能力，是本文所关注的文学接受问题之一。

再次，教师应帮助学生追踪和把握学术动态，做到与时俱进。英美文学是英美社会的一面镜子，借助对英美文学史，文学作品和当代西方文艺理论的研究，我们可以检视社会问题在文学中的微妙再现。从文学史到具体的文本解读，从主题到叙事技巧，从古典文论到现代思潮，教师要做到讲解和点评的富有逻辑性和说服力，就必须有足够的学术积累；学生要有积极有效的阅读和思考，才能形成与作者人生的对话。

最后，学生应全面认清文学虚构和现实世界的区别和联系。在教学实践中一些学生偏爱爱情体裁的《荆棘鸟》《飘》《简·爱》等作品。但他们没有注意到，在莱辛的《野草在歌唱》中，女主人公白人玛丽常常在浪漫小说中麻醉自己，以此来对抗艰难的生活和无望的人生；在莫里森的《最蓝的眼睛》中，黑人女性波琳借助白人的浪漫电影疏解自身的痛苦。两位女性的结局都是悲剧性的。文学世界和现实世界并行不悖，既不是毫无联系的，也不是等同的。阅读接受可能会让初学者感到犹豫甚至困惑，但如果有了教师正确的"学术英语"的定位，对接受过程的双重语境有清醒的认识和引导，就不难使学生对英美文学有全面而深刻的认识。

（二）英美文学教育中的批判性接受

近年来，我国的教育有不少方面达不到社会的期待，其中也包括英美文学教育中存在的问题。教育部英语专业指导委员会所编写的《高等学校英语专业教学大纲》对英美文学课程提出了两个要求：一是在于培养学生阅读、欣赏、理解英语文学原著的能力，掌握文学批评的基本知识和方法。二是通过阅读和分析英美文学作品，促进学生语言基本功和人文素质的提高，增强学生对西方文学及文化的了解。英美文学教师并不具备天然的人文素质，在整个社会背景下，其有自身的困惑，因此在人文素质的培养方面，教师应该和学生共同成长。

当今社会纷繁复杂，为避免商品经济大潮的负面效应侵蚀学生的心灵，英美文学教育对学生人文素质的培养应该是一种兼顾智力、情感和精神的对话，培养学生对自然、人类的大爱和对外来文化的批判性吸收。英美文学不具备直接的市场价值，但它为人们的社会和人生所提供的借鉴价值，能够催化人们的社会参与能力。当批判性的文学鉴赏能力和学术能力在生活中付诸实施，就转换为社会参与能力。该能力指社会成员参与政治、经济、文化等各方面社会活动，促使社会更好地发展的能力。它可以是决策层面的宏大参与，也可以是个人和社区层面的微小参与，是一个人安身立命、报效祖国和造福人类的基本素质。

文学所表现的主题,在语言学、人类学、社会学、哲学、生态学甚至普通人的生活感悟中也常常出现。普通读者总是为愉悦而读,但严肃的读者会从令人不快的描写中看到更深层次的社会现象。作家、诗人和剧作家的个人生活经历往往给我们的人生和事业以启迪,构成创作者的人生和读者的人生之间的对话。若要体会创作者独特的个性和作品的灵魂,进而用文学提升我们的生命质量,应该关注以下几个方面。

首先,人类的本性是普遍的,在反映人类的本性方面,英美文学和中国文学是相通的。中国的历史进程和英美的历史进程既类似又不同,但人们的生老病死、生理和心理需要、自我和他者之间的互动需要是类同的。假如未来的一代又一代人的确拥有某种形式的文学文化,这就意味着他们真正获得了文学的人类维度。如果从教育体制内部给予适当的鼓励,他们这样做的可能性会很高。因此中小学生和大学生最需要接触的是大量的人文化的文学鉴赏。

其次,英美文学作品中存在着一定的对社会正义的共识。而这种共识有助于建构教师对英美文学教育的理解,即它对受教育者的人生,对社会道德的提升有什么作用。英美文学教育不应仅仅为了传播知识、帮助学生找到好工作或培养少数精英而存在,它应该超越对物质成功的单一追求,在对学科内部和学科外部的知识拓展中,达到更高的精神境界,并为改善本民族的生存条件和未来的发展,起到一定的借鉴作用。

很多美国作家、诗人和剧作家往往充当了美国社会的良知,他们对社会中存在的不公正、劳动人民的疾苦和资本主义的痼疾极其敏感,他们认为西方世界并不完善,读者对社会现实不应该不加质疑地全盘接受。美国作家常常是"独立""个性化""批判性""创新"和"幽默"的。例如作为历史的见证者,约翰·斯坦贝克的《愤怒的葡萄》描写了农业工人乔德一家人在20世纪30年代的大萧条期间的经历,当时的俄克拉荷马州的大干旱和农业生态恶化之下的沙尘暴,迫使他们向别处迁徙。他们艰苦劳作却没有劳动保障,陷入无法存活的生存环境,但工人的合作使他们的未来呈现出一抹亮色。小说结尾乔德家的女儿露丝帮助了因饥饿而无法进食的男人,绽放出人性美好的一面,给读者以希望。

真正诚实的作家总是努力创造以毫不扭曲的方式完全体现其经验的文字。而文学教师在培养学生的生态意识方面也责无旁贷,应通过课堂讲解、抑或著书立说,培养学生对人类和动植物生命的敬畏,以及对自然界万物存在和发展规律的尊重,同时应以课堂辩论的形式,满足学生的好奇心,挑战教师已有的知识结构和知识传授模式。教师要引导学生认识英美文学作品中的反压迫、反独裁、反战争、反环境污染的文化氛围,摈弃其中的文化糟粕。在复杂的人类社会中,事件的演化有时是有序的,可以用理性加以追踪的,但有时又是混沌的,非逻辑性的。此种情况下,培养学生的思辨能力尤为重要。

英美文学课堂上的师生,能否以文学为借鉴探讨当今社会存在的诸多问题,以批判的精神对课堂上乃至社会上的问题提出自己的疑问和解答,应该成为我们教学是否成功的重要标志。英美文学史、文学选读和文论之间的互动,可以形成正迁移,有助于学生在现实生活中寻求秩序,实现自身全面发展。

英美文学作家的视角各不相同,英美文学作品提供的信息十分混杂,甚至常常令人困惑,在有关种族、性别、阶级以及人类和自然的关系等方面的信息莫不如此,教师应该深入这种混乱的表象之下,把 20 世纪的西方文学理论穿插在教学过程中,为学生提供批评话语和理论依据。目前与我国经济建设和文化建设密切相关的理论动向有文化批评、新历史主义研究、后殖民理论研究、女性主义理论、生态文学研究、结构主义理论、解构主义等。教师应该力求使学生对这些理论的精髓和局限性有清醒的认识,甚至在与中国文论的对比和融合中获取独特的视角,有意识地展开对人类自身的思考,对自身民族身份的思考,对自我和社会的思考,对人和自然的关系等方面的思考。

例如斯威夫特的奇幻小说《格列佛游记》、玛丽·雪莱的《弗兰肯斯坦》、奥威尔的《动物庄园》等,都深深扎根于英美文学传统之中,体现着对完美人性的追求，以及对自然固有价值的尊重，对我们今天的生活仍具有启发，对当前道德伦理的教化作用不容忽视。社会参与能力的基础是学生的主体性，学生不仅是知识的吸收者，也应该是知识的输出者和实践者，要使其有自由发表见解的空间，了解不同方法和阐释本身的局限性，突破有限的非此即彼的二元选择，从而拥有宽广的视野和思辨能力。

在知识之网、生命之网和生活之网的复杂交会中，在中国文化与英美文化的互动中，教师要引导学生认真思考自己的人生和所面对的社会现状，使学生毕业以后，把英美文学课堂内外所学到的知识和多元化的阐释视角应用于工作之中，把英美文学教育和更广阔的社会现实联系在一起，化知识为能力。

第二节　英美文学欣赏的艺术

诚然，许多从教材、课堂活动模式和网络技术等角度探讨文学教学的文章，多多少少有助于对文学作品的理解，但是这些文章大都停留在技术操作的层面，或者停留在教育学和心理学的层面，而对文学艺术的学科特点关注不够。例如近年来的"建构主义"教学模式主张学生的自主性，探讨以学生为中心、以"任务驱动"为特点的教学活动形态。从表面上看，这些话题固然重要，可是它们并没有涉及最根本的问题，即学生成为中心以后，仍然面临着一个"难"字——理解文学作品难，理解外国文学作品更难。没有涉及造成这些困难的根本原因是什么，该怎样去克服困难。

理解首先是一门艺术，而艺术不是用简单的模式或纯粹的概念就能囊括的。关于理解的艺术，阐释学研究领域的前辈们已经留下了丰盛的论述。我们何不从中汲取营养，为外国文学的教学另辟蹊径呢？

一、常恨言语浅，不如人意深

文学理解的困难来自语言的固有特性，即它的隐喻性，以及随之而来的语言与思想或现实之间产生脱节的情形。正是由于语言的隐喻性，文学创作者常常会有词不达意的感受和经历,而读者必然会因之费解,甚至会误解作品的意思。

由于语言有其固有的局限和不足,语言的使用者也有其主观上的局限和不足,因此人类的思维跟语言和文字的表达之间永远都不可能有百分之百的一致性。正是这种差异性,使语言的隐喻性应运而生。

语言的隐喻性既是一种缺陷,又是一种生机。说它是缺陷,是因为它千百年来始终伴随着文学作者"词不达意"和"言不尽意"的困境;说它是生机,是因为它为世人克服这一缺陷提供了无限的可能性——创作和阐释都是如此。

思维跟言说与书写之间永远都有一条沟。前者要转化为后者,就要实现跨越。跨越得不好,自然是一条鸿沟,跨越得好,会显得天衣无缝。不过既然是转化,就会产生差异。用伽达默尔的话来说,思维一旦进入了言说和书写状态,就形成了一种"自我异化"。

伽达默尔的观点源自施莱尔马赫,后者把转化为物质形式——他称之为"固定的外在言语"——之前的思想称作"内在言语"。

"一旦思想者试图……用作为外在言语的语言来进行表述和传达,他的思想便不得不依靠那用于传达的语言。此时内在的言语便变成某种和自己迥然不同的东西,变得不足以实现其传达的目的——这样,语言在发挥其作为交流手段的作用时,便似乎总是使自己遭受挫折。"

这种"挫折",被张隆溪称为思想在语言中的异化,即内在言语转化为语言符号,尤其是固定的、外在的书写形式。历史上言说这种挫折和异化的例子举不胜举。席勒的这两行诗就是一例:"活生生的精神为何不对另一个精神显现?当灵魂发言时,唉!灵魂已经不再发言。"

雪莱的《为诗一辩》指出:"写作一旦开始,灵感便衰退了。迄今流传于人世的诗歌中,即便是最璀璨的,也恐怕是诗人原初构思的乏力的影子而已。"假如还有比这更动情的感慨,那就只能从莎士比亚那里去寻找了。且看他的十四行诗第七十六首中的前八行:"为什么我的诗那么缺新光彩,赶不上现代善变多姿的风尚?为什么我不学时人旁征博引那竟奇斗艳、穷妍极巧的新腔？为什么我写的始终别无二致，寓情思旨趣于一些老调陈言，几乎每一句都说出我的名字，透露他们的身世，它们的来源？"

在十四行诗第85首中，莎士比亚还有过这样的抱怨："我那拴住了舌头的缪斯悄然无语。"关于语言局限性的困难，在现代诗人那里，发展成一个迫在眉睫的难题。

事实上，语言的隐喻性是一种二律背反。它既意味着异化，又为克服异化提出了要求、提供了可能性。事实上，自古以来，人类从未停止过努力，以克服上述异化。文学家们是如此，阐释者也是如此。就如伽达默尔所说，"书面文本提供了真正的阐释学任务。书写是自我异化。因此，克服这种异化，解读文本，就是理解的最高使命。"克服异化不仅是文学家要解决的问题，也不仅是阐释者与批评家要解决的问题，而且是外国文学教师要解决的问题。

二、言有尽而意无穷

要克服异化、克服语言的局限性，同样要着眼于语言的隐喻性。在《道与逻各斯》的前言里，张隆溪直言该书的主旨是"重新思考语言的隐喻性质，思考文字作为符号和象征使用时所固有的局限性和暗示功能"。也就是说，语言的局限性和暗示功能构成了它固有特性的两个方面。在《道与逻各斯》的正文中说得更为明白："语言的局限性和暗示力不应该被视为相互冲突而应该被视为彼此补充，因为它们是同一符号作用的两面。"正是其中的一面，即语言那无穷的暗示功能，为克服语言的局限性提供了渠道和保障。更确切地说，局限性和暗示力是语言特性中相生相克的一对矛盾，形成了之前所说的二律背反。

熟谙这二律背反的道理，并加以巧用，是古今中外杰出文学家的必由之路。他们一方面抱怨乃至哀叹文字和言语的软弱无力，另一方面又极尽寓言假物、譬喻拟象之能事，也就是凭借暗示谋求出路。根据张隆溪的梳理，我国的钟嵘、司空图、严羽、梅圣俞和苏轼都把"言有尽而意无穷"看作诗学的理想境界，或者说发挥语言暗示功能的理想境界。在外国文学领域里,"言有尽而意无穷"何尝不是文人们追求的境界?因此,外国文学的教学,必须关注这种境界的追求方式,必须关注使语言局限性得以克服的种种技艺,否则仍旧是缘木求鱼。

更通俗地说,优秀的文学作品总是以暗示性语言取胜的。暗示的艺术手法多种多样,其中最主要的要数象征和讽喻。依笔者之见,从事外国文学的教学,首先要教会学生如何去捕捉一部作品的象征意义。我国的外国文学课堂,常常陷入一个误区,即把象征和讽喻混为一谈,甚至把象征和隐喻/明喻混为一谈。因此,有必要先强调一下这些术语的区别:隐喻/明喻指的是在一对一的基础上不同事物之间的类比,而象征则不可避免地带有多义性和歧义性;隐喻/明喻把 A 比作 B,而象征则用 A 来暗示 Bs(B 的复数)。比这更难把握的是象征和讽喻之间的区别。张隆溪在一篇文章中曾经这样说过:"就其在形象之外另有寓意这一点说来,象征和讽喻并没有本质的区别。"可能正是这一缘故,许多教师和学生往往把两者等量齐观,然而它们之间其实是有很大的区别的。就在同一篇文章里,张隆溪有过这样的描述:到 18 世纪末,讽喻的重要性越来越低落,似乎它本身是没有意义的外壳,只指向自身之外的某种意义。与此同时,象征则被视为与讽喻完全相反的另一个范畴,它自身既是具体的形象,又有形象以外的象征意义,但其具体形象本身又是实在的,而非仅仅是寄托意义的外壳。

换言之,任何人物、事件或其他事物在获得多义性或象征性之前,应该首先具有真实性,而讽喻往往只注重形象以外的象征意义。关于这一点,坡林说得更为明白:"象征意味着既是它所说的,同时又超过它所说的。"以劳伦斯为例,他在用玫瑰来暗示深邃的意境时,不会像有些作家那样,把它表现得跟现实中的花朵迥然不同,而会从花朵的现实特征入手,因为他知道只有那些亲眼看见过玫瑰的人,才能在看到玫瑰花瓣儿和闻到它的香味儿时激起对整朵玫瑰的联想。教师应指导学生细察象征的这些特点和前提,让他们理解作品的象征意义。

在捕捉象征意义时,学生最难把握的,恐怕要数整个作品的结构性意象。一部优秀的作品,其象征意义不会简单地寄托于单一事物,而会栖身于文本的整体结构。象征犹如一个磁场,整个作品的各个部分、各个细节都要在这个磁场的不断"运动"中不断地产生出新的意义。伯齐托在这方面有过精彩的论述:"哪里有象征,哪里就建立起了一个由事件、象征和细节组成的磁场。这一磁场把无数纷杂的含义吸引在它的周围……意象和节奏已经不再是缠绕着逻辑主干的芜蔓枝藤。它们的作用不仅仅装点主干,使它勉强呈现生机。相反,意象和意象之间、场景和场景之间以及节奏和节奏之间都首尾呼应,互映成趣,就像在图画中相同或相反的颜色都互相对应一样。那些看来是必要的对应关系并非仅仅是出于逻辑上的需要才建立起来的。松散的逻辑关系呈线条形状,而象征关系则呈圆弧形状,后者暗示着一种往返穿梭、四通八达的关系。一部作品的全部象征意义"总是在趋于完成",然而却永远有待于完成,因为它总是在不断地产生新意,并将其统一在自己的有机体中。

不妨以劳伦斯的小说《虹》为例,在分别伴随安娜和厄秀拉出现的彩虹之间,形成了一种具有反讽意味的张力:安娜"足不出户"便看到了彩虹,而厄秀拉偏要在外面的世界闯荡并撞得"头破血流"之后才看见彩虹;厄秀拉把自己的理想彩虹寄托在外面的世界,可是她去外面闯荡的每一步都是事与愿违、适得其反。也就是说,彩虹意象烘托全书的反讽基调,具有结构性的象征意义。在两次关键时刻出现的彩虹之间,厄秀拉刚好完成了一次圆圈似的历程——以跟母亲分道扬镳始,又以回到母亲的立场终。这历程又象征着一个范围更大的历程,即人类的工业化进程。在厄秀拉的历程背后,隐含着这样一个问题:人们投入"外面的世界"(工业革命的洪流),是否得不偿失?劳伦斯笔下的彩虹可以被看作上述"磁场"的中心,在它的周围团聚着许多其他意象,彼此之间形成了一种往返穿梭、四通八达的关系。小鸟儿(包括它飞翔时划出的弧线)、教堂里的拱形结构、厄秀拉所作的圆圈式旅行,它们都和彩虹前勾后连。书中还有许多描写涉及山川、森林、花草、星星、太阳和月亮,后者往往呈弧圈形。就连小说的谋篇布局都突出了圆弧形状的地位:不仅小说第十六章的标题直接使用了"彩虹"一词,而且第十章和第十四章意味深长地用了同样的标题,即"扩展中的圆圈"。这一切拧成了一股合力,强烈地烘托出小说的反讽基调,即厄秀拉奋勇飞向"外面的世界",迎来的却只是幻灭。换言之,"天高任鸟飞"这一理想不可能在一个失落了社群、丧失了灵魂的工业世界里实现。

诸如此类的象征意义,要加以把握,绝非一朝一夕之功。对绝大多数学生来说,没有教师的悉心指导,是很难"自主"地心领神会的。当然,我们鼓励并欣赏学生的自主性,但是他们首先得对相关文字与文本烂熟于胸,才谈得上自主性。在当今世界,主张以读者为中心的"读者反应批评"理论占着主导地位,但是我们不妨重温一下罗斯金不同的主张。他把每一部经典文学作品比作历史的宫廷后,并以宫殿主人(作者)的口吻对读者提出了以下忠告:

"你渴望与智者交谈吗?学会理解,你就能聆听高论了。还有另外的条件吗?——没有。假如你不努力上升到我们的境界,我们是不会屈尊于你的。活着的君主也许会礼仪有加,活着的哲人也许会不厌其烦地为你答疑解惑,但是在历史的宫廷里,我们既不装腔作势,也不加任何解释。倘若你想要从我们的思想中汲取快乐,就必须把自己提高到这些思想的水平;倘若你想要体认我们的存在,就必须分享我们的情感。"

罗斯金所说的理解和提高,意味着读者须放低自己的身段,摆正自己的位置,保持谦虚的态度。至于具体的操作,应养成密切关注文字的习惯,确保自己理解它们的意思,并精读每一个音节。同理,对象征意义的把握也必须精细到每一个意象才行,而其间的奥妙,只有在博学的教师的引导下,学生才能逐个参悟。

三、静故了群动,空故纳万境

克服语言的局限性,发挥它的启示性,还可以达到一个更高的境界,即"此处无声胜有声"的境界,也就是中西诗学都常提到的"沉默"或"无言"境界。写作的艺术如此,阐释的艺术同样如此。

对此,张隆溪做了这样的评价:"虚空和寂静中蕴含着丰富的想象与可能。"中国诗人对"禅"的运用,其方式并非不能在西方找到相似或相等的情形。例如中世纪的审美体验就默默地采用了保罗关于上帝恩典的说法:"似乎一无所有,却是样样都有。"

这里所说的,其实就是中西哲人为走出言不尽意这一困境而采取的策略。不管是庄子所说的"非言",还是龙树所说的"假名",或是埃克哈特所说的"沉默的文字",其实都可以看作同一种策略,即言说不可言说之事物的策略,都可以归结为里尔克用诗句表述的"沉默诗学":

"沉默吧。谁在内心保持沉默,谁就触到了言说之根。那时生出的每一音节,对于他都是一次胜利。"

沉默本来是一种无奈,但若是运用得当,恰恰能触及"言说之根",起到"空故纳万境"的效果,即容纳自然界的万千气象,以及人们内心的千言万语。

既然写作艺术可以达到上述境界,那么阐释艺术也应该如此。外国文学教学就是要帮助学生掌握这种阐释艺术,帮助他们于无声处听"惊雷",于无言处品万境。当然,问题也就随之而来了:该怎样贴近沉默?沉默在哪里?什么时候的沉默最有意味?

暗示性沉默相对于直接表达,可以是一种更高级的传意方式。既然是传意方式,那就有一定的道路、轨道和原则可循。在如今的外国文学课堂上,不乏"在沉默处做文章"的例子,然而这些"自主性"的发挥往往不着边际,犹如天马行空。对这种情形,做教师的应该负主要责任,因为人们平时大都注重文字的显性表达方式,而容易忽略文字的隐性表达方式,即沉默的方式。

关于寻找并体验沉默的方式,张隆溪提出:"恰恰是在言说的中央,沉默可以比言说更具表现力。"也许正因为如此,我们在伟大的文学作品中便往往发现:高潮瞬间恰恰是无言的停顿。唐代著名诗人白居易便这样描述过停顿的技巧:"此时无声胜有声。"这里,状语"此时"极为重要,因为它把沉默放在了乐曲或言说的框架中。

这段话的关键词是"此时""框架""停顿""高潮瞬间"和"言说的中央"。它们也应该是外国文学课堂上的关键词。也就是说,体悟沉默仍然要以文本为基础,以语境为框架。离开了文本/语境的沉默,必然是无力的,因而是不值得阐释的。

在优秀的文学作品中,往往埋伏着各种特殊的信号,好像在提醒着读者此处的停顿、空白或沉默意味深长,非下大力气琢磨不可。以英国女作家布洛克·罗斯的小说《下一个》的第一段文字为例:

"近期故事梗概:黛丽卡早就嫁给了石油大王布莱德。多年以来,她替后者管理牧场,并且照料着他俩生下的一对双胞胎——雷克斯和丽贾纳。然而,黛丽卡从来无法掩饰她对特里克斯的深情,因为后者是她跟旧情人杰西的私生子。杰西是布莱德生意上的对手,后来跟蒂娜结了婚,可是眼下他正在追求基娜。道格是雷克斯新结交的朋友。这一天,他带着辛蒂去雷克斯那儿串门,碰巧布莱德也在家。布莱德一下子迷上了辛蒂,而道格却迷上了基娜,可是基娜正和里克打得火热,里克眼下正帮着黛丽卡管理产业。有一次,黛丽卡跟萨尔大吵了一场。余怒未消,她又吩咐丹思对布雷德里的行为进行干预。"

乍一看去,这段文字似乎游离于全书结构之外。它里面的故事和人物跟小说本身的故事和人物毫不搭界。为何在小说最醒目的地方安插这样一个不相关联的段落?叙述者对此始终缄默不语,不做直接的解释。更让人费解的是,整段文字逃不出一个"空"字,即空洞的文字和空心的图形。然而,这正是一个强烈的信号:此中有真意,空白纳万言。如果教师引导学生结合文本及其语境加以分析,至少可以读出以下几层意思。

首先,空心的文字图形分明是一架电视机的形状,而中间的那一处空白既可看作电视机的屏幕,又可理解为媒体内容的空洞。如果结合文字本身,就更加能够理解其中的含义,原来这是一段电视肥皂剧的故事梗概,其内容不但空泛,而且极其无聊,品位极其低劣。小说《下一个》的内容跟媒体及其作用有着千丝万缕的关系,因而在全书的开头安放一段空洞而无趣的文字,实在是一种有趣的讽刺。

其次,它跟小说描写的贫穷现象有关。在小说的第二段,有这样一个细节:流浪汉泰克把载有那段"故事梗概"的电视节目周刊当作了枕头(他穷极潦倒,连枕头都买不起)。从空心的文字中领悟贫苦大众的囊空如洗,未尝不是一种审美体验。

再次,随着故事的推进,能够看到不同人物在贫民收容所看电视的镜头,同时听到他们收看时的评论。例如外号"雅皮"的杰西曾经对电视节目的商业性以及节目内容的贫乏表示不满:"每次预报下一个节目时,总是先来一点儿该节目的片段,可是紧接着播音员就会说先休息一下。可是这一休息就没完没了:先是广告,再是促销剪辑,然后又是广告,接着是信息宣传,再接下去又是促销剪辑。"比节目贫乏更可恶的是虚假,这一点多次在不同人物的对话中被提及。雷奥纳多就曾经对斯特拉这样说:"可笑的是电视台⋯⋯拍摄的总是大街上浩浩荡荡的就业大军。可是那些人都属于幸运儿。这世上还有许多人在流浪,在沿街乞讨。他们累了只能在公园的长凳上歇歇脚,困了只能在屋檐下宿上一宿。"同样,从昆廷跟奥利弗的一次对话中,可以了解到媒体上的"失业率上个月几乎降到了零,可是实际上什么都没有改变"。可见,小说篇首的那段"空心文字"为这些人物的对话埋下了伏笔:英国媒体乃至整个资本主义制度的实质是虚假,就像那个文字图形中的"空心"一样。

最后,书中反复出现了电视播音员的一句节目结束语:"不要离开我们!"这句话极具讽刺意味,成千上万个无家可归者过着饥寒交迫的生活,可是媒体对这一严酷的现实视而不见;电视上播送的不是虚假的新闻,就是无聊空洞的肥皂剧,而播音员们还不厌其烦地要求观众继续观看。正是看到了其中的荒唐之处,布洛克·罗斯把这句话用作了全书的结束语,不过做了微妙的更动:"不要离开他们!"虽然只有一词之差,但是产生了异常深刻的效果。前面反复出现的"不要离开我们!"是一种含蓄的讽刺,而"不要离开他们!"是对虚假媒体的顺势一击和盖棺定论。换言之,作者的心声在这一瞬间达到了高潮:任何有良知的人,都应该远离媒体所营造的虚拟现实,而把目光和同情心投向"他们"——现实生活中成千上万个饥寒交迫的人们。

只有像上面那样去领略沉默的含义，捕捉言外之意，才谈得上登堂入室，进入了阐释艺术的殿堂。

第三节　英美文学研究与教育的结合

根据英美文学教学的实际情况来看，现代教育技术的合理应用，是英美文学教学体系不断完善的重要途径之一，对于构建全方位的英美文学教学模式有着重要意义。因此，随着英美文学教学水平的不断提升，英语专业学生需要掌握的知识点越来越多，这对英语教师的教学能力提出了更高要求，必须充分体现学生的主体地位，并有效培养英语专业学生的语言表达能力、创新能力、交际能力等。这样才能真正体现出现代教育技术具备的优势，最终培养出各方面能力都较强的英语专业人才，对于促进英美文学教学效率、教学效果等的全面提高有着非常重要的影响。

一、现代教育技术给英美文学教学带来的影响

（一）教育环境得到一定优化，英美文学教学的针对性得到相应提高

对传统英美文学教学的开展情况进行全面分析可知，其采用的工作方式主要是面对面地进行沟通和交流，受到教师与学生身份、地位等多种因素的影响，教师无法真实、全面、客观地了解学生当前的学习情况、生活状态、学习需求等，从而影响英美文学教学深入、普遍和有针对性地开展各种教学活动。与其相比，在充分利用现代教育技术的过程中，英美文学教学的场所可以从校园、办公室等地方转移到不受时间、空间限制的网络上，教学资源变得更加丰富，学生与教师之间的沟通可以变得更加直接。同时，教师还可以与多名学生在同一时间进行交流，对于快捷、系统、真实地了解学生的各种情况有着重要作用。

（二）教学方法得到创新，英美文学教学实效性不断增强

与传统的英美文学教学方式相比，现代教育技术的合理运用，如多媒体技术、计算机技术等，可以在结合文字、声音、图片、视频等的情况下，使英美文学教学内容变得更加形象、具体、生动。并且学生和教师在网络上可以随时进行互动，这对于创新英美文学教学方法有着积极影响，是当代英美文学教学有效开展教学活动的重要途径。与此同时，现代教育技术具有便捷性、高效性和即时性等多种特点，教师与学生在分析某个知识点时可以快速产生共鸣，并在互动的过程中缩短师生之间的距离，最终实现各种网络资源、网络信息的共享，对于增强英美文学教学的实效性有着重要影响。

（三）教学渠道得到拓宽，英美文学教学时限性被突破

在传统的教学模式下，英美文学教学的载体主要是教材，而在充分利用现代教育技术的情况下，英美文学教学的载体得到了更新，使英美文学教学渠道得到了进一步拓展，从而有利于学生快速接受和学习英美文学方面的知识。与此同时，现代教育技术的使用不受时间、空间等的限制，无论在哪里都可以进行，从而使英美文学教学的时限性得到突破。所以，学生可以对校内外各种新闻、热点等进行激烈讨论，促进英美文学教学的整体效果全面提高。

二、现代教育技术在英美文学教学中具备的优势

在各种高新技术、现代化设备出现以后，朋友间的谈话、留言等方式都发生极大转变，不但可以加强朋友之间的交流和沟通，还能有效缓解来自多方面的压力。在充分利用现代教育技术的情况下，英美文学教学课堂变得更加开放，每个学生都可以将自己的想法、感悟等表达出来，与同学互相交流，对于推动英美文学教学现代化发展有着重要作用。因此，现代教育技术受到了学生的喜爱和追捧，在其充分发挥交互性、高效性、个性化和便捷性等特性的基础上，越来越多的学生的学习兴趣与积极性都

得到极大提高,给英美文学教学带来了巨大冲击。通常情况下,英美文学教学充分利用现代教育技术获取各种网络资源,选择与学生学习需求相符的资料、知识点等,是节省教学课时的重要途径,对于促进英美文学教学模式不断创新有着极大影响。因此,在接触各种网络信息的时候,教师结合自己的观点、经验等,对各种信息进行综合、加工和精选,对于引导学生形成正确的世界观、人生观、价值观等有着非常重要的作用。由此可见,科学利用现代教育技术,充分发挥其各自优势,对于促进英美文学教学改革创新有着非常重要的现实意义,不仅有利于提高学生的综合能力,还能培养学生的创造力、想象力等,从而促进学生未来更好的发展。

三、现代教育技术在英美文学教学中的应用

在英美文学教学中,现代教育技术的合理应用,与学校的设施、英语水平等有着紧密联系。因此,想要有效改变英美文学教学的现状,就必须根据学生的实际情况,加强校园文化建设,合理设置英美文学教学课程,注重教学设施完善,才能全面促进英美文学教学水平不断提高。总的来说,在素质教育全面推进的情况下,现代教育技术在英美文学教学中的应用主要包括如下几个方面。

(一)多媒体技术的应用

从相关调查和分析数据来看,现代教育技术提供的各种信息都是不同企业、不同用户发布的,有着人性化、个性化的特征,可以让英美文学教学获取更多资源。其中,多媒体技术的应用范围最广,也是最常见的一种现代教育技术,通过非线性网状结构组织信息的方式,使英美文学教学方法、教学方式、学生学习思路等发生了巨大改变,从而成为英美文学教学不断创新的重要途径之一。因此,在合理应用多媒体技术的情况下,学生、教师、家长可以保持长期的沟通,他们可以自由发表观点、意见等,并用自己的标准来评判一个事件,对于促进英语专业学生综合素质全面发展有着极大作用。与此同时,在现代教育体制中,多媒体技术具有的交互

性,可以大大减轻教师的教学负荷,并为英美文学教学提供新的教学思路,从而培养学生的创造性思维能力。

(二)文学课程方面的应用

由于英美文学课程有着强大的内容延展性特征,通过合理应用现代教育技术,英美文学教学的文学储备资源可以不受限制,不但能搜索到古代的信息,还能全面了解现代发展的相关情况,对于促进英美文学教学模式多样化、多元化发展有着极大影响。在实践教学过程中,现代教育技术具有信息集成控制特征,可以充分弥补传统教学模式的不足,不但能帮助教师更好地做好课前准备工作,还能提高教师驾驭课堂教学的能力,从而在真正掌握最真实、最全面的英美文学信息的基础上,为学生提供可靠理论指导、实践引导等。一般情况下,学生在阅读各种文学信息时,只能初步了解到比较表面的看法、观点等,而通过合理应用现代教育技术,如多媒体技术、计算机等,学生则可以对整个事情的情况进行分析、思考和延伸等,对于培养学生的思辨能力有着极大作用。由此可见,在教学课程方面的应用,是英美文学教学改革创新的实际需求,不但能保证教学的系统性、规范性和条理性等,还能使教与学的关系变得更加密切,在增强英美文学课程多维性、立体性等的基础上,促进英语专业学生未来更长远的发展。

四、现代教育技术与英美文学教学的结合策略

(一)英美文学教材的建设方面

在信息技术、网络技术不断推广的新形势下,现代教育技术的应用范围变得越来越广泛,是经济不断发展的必然趋势,在一定程度上可以促进人们思维方式、观念等迅速转变。从英美文学教学的实际情况来看,很多学生都喜欢将自己的学习想法、遇到的问题、正在探索的东西等与身边的人进行交流,特别是现代沟通平台的不断增多,使人们的沟通方式变得越来越多样。因此,现代教育技术与英美文学教学的结合,需要注重英美文

学教材的建设,将具有权威性的英美文学教学作为蓝本,才能在充分利用各种网络资源、技术、软件与硬件等的情况下,促进英美文学教学平台有效拓展,从而切实提高学生的学习积极性和主动性。与此同时,应加大现代教育技术的投入力度,采用开放式教学模式,构建立体文学教材框架,让学生与教师通过网络平台加强联系,不但有利于学生了解英美文学史上的各种优秀作品、作家,还能帮助学生掌握比较全面的文学题材,如小说、散文、诗歌等,最终在充分利用现代教育技术的基础上,促进英美文学教学形式更加多样化、多元化和系统化。

在实践教学过程中,想要提高英美文学教学水平,确保学生综合素质全面发展,就必须提高对现代教育技术的认识,充分利用现代教育技术的优势,根据学生的实际学习情况,制订合适的教学计划,才能真正达到促进英美文学教学不断创新的目的。随着社会经济的不断发展,各大学校应深刻认识到现代教育技术合理应用的重要性,把学生各方面能力培养放在首要位置,才能真正培养出社会所需的优秀英语人才。例如将传统文本、多媒体文献、电子图书、影像资料等结合到一起,通过网络平台拓展教材知识点和内容,可以使英美文学教学课堂更加立体化,对于实现现代教育技术与英美文学教学的完美结合有着重要影响。

(二)课程网络课件的设置方面

在信息技术和网络技术应用范围不断扩大的大环境下,充分利用现代教育技术开展英美文学教学活动,是大数据时代不断发展的必然趋势。因此,现代教育技术与英美文学教学的结合,必须注重与时俱进,合理设置网络课件,才能真正发挥信息网络的载体作用,从而促进英美文学教学整体水平快速提升。在实践过程中,教师需要懂得如何使用各种现代教育技术组合相关信息,并正确掌握现代教育技术的使用技巧,如计算机中的 PPT 制作流程、音乐在文件中插入的方法等,才能在学生全面掌握英美文学理论知识的基础上,增强学生的英美文学学习动力,最终促进英美文学教学体系更加完善。与此同时,教师在掌握现代教育技术的相关操作方法之后,需要对学生的学习情况保持密切关注,注重现代教育技术的影响力、感召力,并加强多方面信息的互动网络平台建设,才能在学生全面了解英美文学各种知识的基础上,促进英美文学教学整体效果不断提高。

在现代教育体系不断完善的过程中,英美文学教学已经成为英语专业学生必须学习的重要科目之一,学校领导应提高对英美文学教学网络课程设置的重视程度,加大监管力度,才能有效改变英美文学教学的现状,从而帮助学生树立正确的学习观念,最终达到引导学生积极参与各项教学活动和促进学生英语综合能力不断提高的目的。例如在校园中开展各种英美文学知识的宣传活动,通过广播、电影、视频、音乐等吸引学生的注意力,不但能及时掌握学生反馈的信息,还能为英美文学教学网络课程设置提供可靠的参考数据,从而在有效提高学生学习兴趣的基础上,让他们充分感受到英美文学教学活动带来的欢乐,对于促进英语文学教学与现代教育技术更好地融合有着极大作用。

(三)英美文学教学课程的构建

目前,现代教育技术与英美文学教学的结合,已经受到很多学校与教师的关注,其不但能满足学生日益增长的学习需求,还能更好地为英美文学教学服务,从而促进英语文学教学课程构建现代化发展。在现代教育技术合理应用的情况下,教师可以随时了解每个学生的近况和动态,并且学生可以根据自己的喜好选择感兴趣的信息给予关注和探讨,使英美文学教学在教学手段、教学模式、教学方法等方面不断创新的基础上,促进学生综合素质全面发展。因此,充分利用现代教育技术,扩大学生的英美文学知识范围,拓展学生的学习层次,让学生尽可能地阅读更多的英美文学作品,并在学生发布各种评论、难点信息的时候,与他们进行及时的交流和沟通,对于促进学生思维方式不断创新有着极大影响。由此可见,英美文学教学课程的构建,需要大量英美文学网络资源,如诗歌、小说、短文等,不但能提高英美文学的感染力、可读性和吸引力等,还能促进学生学习环境不断优化,最终达到增强学生综合学习能力的目的。

(四)现代化英美文学教学体系

在英美文学教学不断改革和创新的过程中,现代教育技术的使用频率越来越高,这是高科技技术不断发展和应用的重要体现,它不但改变着人们的生活方式、更新着人们的思想观念,还有利于现代英美文学教学体系更加完善。因此,现代教育技术与英美文学教学的有机结合,是我国教育教学与时俱进的重要体现,不仅有利于创新教学方法和思路等,还能引导学生以全新的角度认识这个世界,对于推动我国学生未来更好发展也有着重要影响。在社会不断发展的情况下,教师的工作环境变得越来越复杂,通过利用现代教育技术,教师可以更好地引导学生分析各种英美文学作品的人物形象、主题、写作风格等,并在学生学习各种网络资源的情况下,组织学生积极开展讨论,从而培养学生多角度、多层次思考问题的思维方式。与此同时,构建完善、现代化的英美文学教学体系,积极调动学生的学习主动性,需要注重评价方式的多样性,充分发挥现代教学技术的作用,才能真正达到寓教于乐的教学效果,最终促进学生文学素养全面提升。

综上所述,在英语专业学生培养要求不断提高的情况下,文学与网络的结合是社会经济不断发展的必然趋势,而现代教育技术的合理应用,不但能提高英美文学教学质量、教学效率,还能促进英美文学教学体系不断完善,从而促进英美文学教学水平全面提升。因此,在实践过程中,充分发挥现代教育技术的优势,合理设置现代化英美文学教学课程,对于促进英语专业学生未来良好发展有着重要意义。

第三章　英美文学教学方法之思

第一节　英美文学教学模式的现状之思

目前,我国高等教育仍未脱离普通高校原有的传统教学模式。事实证明,传统教学模式远不能满足高等教育培养目标的需求。为此,必须建立一种具有中国特色的,能够培养出高级技术复合型人才的现代教学体系。

随着我国市场经济的日益发展,对外交往日益加深,英语作为一项基本技能受到社会和市场的极大重视。但是,英语专业的本科教育面临着巨大的问题和挑战,特别是曾经是支柱课程的英美文学教学受到了冷落,学生把热情都转向与市场关系较大的实用性课程,如外贸英语、商务英语、法律英语等。这种现状直接导致英语专业学生丧失了他们本应具有的专业特色、专业知识,特别是人文知识和人文素质。因此亟须对英语专业教育目标进行重新定位,在培养人文通识型通用人才的目标下,调整和改革英美文学课程,使毕业生能满足社会的需求,与国际社会接轨。

目前,大部分理工科院校的英美文学课程设计不合理,只在高年级阶段开设了英美文学选修课,而不是必修课。由于低年级的时候,学生没有受到很好的文学和文化的基本人文知识的熏陶和培养,在高年级阶段就很难真正理解英美文学原著,无法得到审美的体验,也无法真正获得一种文化认知。

高校重语言技能,轻人文素质培养。教师的教学方法单一,以独白式讲解原著,分析句法和篇章为重点,忽视阅读体验和批评的基本知识和方法的培养,学生的欣赏和批判能力较薄弱。对文学缺乏认识和兴趣,忽视了文学作为人文教育的关键性学科的重要地位。

高校学生对英美国家的文化和文学认识基本上处于基础阶段,在学习上主要还是被动地吸收知识,未能充分发挥自己的主观能动性。同时,教师师资力量比较薄弱,英美文学的学科带头人和创新型教师人数很少。

一、英语专业教学改革新形势下的新定位

(一)英语专业培养目标的内涵的重新定位

《高等学校英语专业英语教学大纲》对英语专业的培养目标做了明确规定:"高等学校英语专业培养具有扎实的英语语言基础和广博的文化知识并能熟练地运用英语在外事、教育、经贸、文化、科技、军事等部门从事翻译、教学、管理、研究等工作的复合型英语人才。"但是大部分学者和教师在肯定培养复合型外语人才是市场经济需要的同时,也指出实施英语专业复合型人才的培养,很可能会在总体上削弱常规英语专业的强烈人文倾向。因为英语是人文学科的一支,英语学科的基本要素是英语语言、文学和文化。当前我国英语专业教学过于重视技能训练而忽视了专业训练,导致英语专业学生在思想的深度、知识的结构、分析问题的能力方面与其他文科学生有较大差距。为了避免这种情况,有必要使英语专业回归人文学科本位,致力于重点培养人文通识型通用人才,在条件具备的情况下兼顾复合型人才的培养。所谓通用型英语人才是指英语技能熟练全面,人文素养深厚,具备批判性思维和创新能力,具有社会责任感,能够较快适应各种工作的专业人才。这一目标已经成为国际教育界的基本共识,体现了"不是为了职业,而是为了生活"的办学理念。在这种目标和理念下,英语专业应该确定英美文学在学科中的主导地位。通过英美文学认识英美文化和国民性格,是一种基于文化认知和文化认可的跨文化交流。而现在的英语专业教学与这样的理念和目标有很大的差距,不符合培养通用型人才的目标,也不能很好地适应社会,引导更好的生活和交流。

（二）培养人文通识型通用人才目标下的英美文学教学的改革

英美文学教学原有的单一培养目标和模式已经滞后于社会的要求，学校需要根据社会的发展主动调整培养目标，改革英美文学课程设置，培养人文通识型通用人才。必须从根本上改变现有的教学目标，不能只为了职业技能而培养人才，而要为生活培养人才，重视学生的人文素养教育。英美文化和文学教育水平的提高和专业化，能够提高英语专业学科的专业水平和地位，带动高校整个人文学科的建设。为了达到这一目的，须做到以下几点。

首先，改变目前英美文学课程设置的不合理性及局限性，优化英美文学课程设置，形成有效可行的课程设置模式。可以在高等院校低年级开设相应的英美文学史、欧洲文学史等基础性课程，让学生对西方文学有一个总体了解和印象。先了解文学的历史，才能真正读懂不同时期的文本。与此同时，开设美学、哲学等通识性的人文素质选修课，增强学生的审美和思维能力，陶冶学生的艺术情操。在高等院校高年级开设英国文学选读和美国文学选读的同时，可以开设英美小说选读和英美诗歌选读等选修课，进一步把文学课细化，让学生从更多不同角度切入文学的本质和精华。

其次，教师要不断改善教学手段和方法。建构主义学习理论认为，知识主要不是通过教师传授的，而是学习者在一定的情景下，通过他人（包括教师和学习伙伴）的帮助，利用必要的学习资源，并结合意义建构的方式获得的。建构主义学习理论强调"情境""协作""会话""意义建构"是学习环境中的四大要素。学生是信息加工的主体，是意义的主动建构者。教师只是意义建构的帮助者，其任务是创造适合学习者学习的环境，培养他们的主动性和自主性，因此教师在英美文学教学中可以充分利用日新月异的多媒体技术。现在的网络资料提供了图、文、声、影一体的多媒体技术，之前学生的知识只能来自教师个体的知识库，现在则可以通过网络了解更全面而广泛的知识。教师不仅在课堂上可以利用网络资料充实课堂内容,增加授课的生动性,而且在课外可以让学生利用网络搜集更多和文学课有关的资料。比如很多文学名著都被拍成了电影或者电视剧,学生在欣赏影像作品的同时,能把文字文本和影像文本做出比较,从而更进一步了解文学作品和作者的意图。

同时教学方法要从以前的教师唱独角戏,自导自说的单一模式转变为互动的教学模式。在教学活动中既要重视教师的主导作用,更要重视学生的作用。刘润清在其《论大学英语教学》一书中指出:"教学要以学生为中心。如果承认学生的智能作用,就应该充分发挥学生的主动性,培养他们的学习态度,增强学习信心,开发学生的智力,促进学习兴趣,让学生有足够的时间自己参加语言运用。教师不仅传授知识,给予指导,更重要的是教给学生自学的方法,培养他们自学的能力。"英美文学课本身就是难度较大的专业课,它与学生的知识量、知识面和文学水平都有很大的联系。调动学生的积极性,为他们创造机会参与讨论和交流是教学的关键。因此,在课堂上教师一定要从各方面,包括课件、网络资料、讨论题目等激发学生的参与性和积极性,让他们一起参与课堂的各种活动。此外,在课外利用第二课堂、网络资源等进行个性化自主式学习,引导学生进行课前准备。

最后,要提高英美文学课程教师的师资力量和科研能力。英美文学课程对于教师本身的水平要求也很高,教师必须拓展自身的人文知识和文学知识的广度和深度,同时要提高授课的质量和水平。此外,教师的科研能力也不容忽视。高校应适当给予英语专业教师科研方面的鼓励,激励教师的科研热情,促进更多的学科带头人和创新型教师出现,带动整个英语专业教师的科研水平。

英美文学教学具有极大的挑战性,作为培养人文通识型通用人才目标的一个组成部分,应该尽快调整课程的设置,改善教学手段和方法,提升教师的学术水平和科研能力。

二、课程建设的必要性

如今以学术英语和研究性学习为新定位的英语专业教学改革已经引

起国内外专家的重视。英国语言学家表示，英语仅作为一门外语来学习的时代即将结束。学习者需求的变化和市场经济的变化，导致英语教学正在同传统的英语教学方法决裂。英国文化委员会在一项大型英语调查中得出结论："将来的英语教学是越来越多地与某一个方面的专业知识或某一个学科结合起来。"在香港，英语学分主要在学术英语上。在国内，英语专业教学正逐渐从单纯基础语言培养向实用能力（包括与专业有关的英语能力）培养转移。

首先，英美文学课程建设的必要性表现在其可以给英语专业改革带来新的动力。当前英语专业教学主要问题是其内容注重于打基础且教学内容不够与时俱进，不具备实用性和社会交往性，无法适应经济发展的需要。因此，以培养学生学术书面和口头汇报能力为目标的"研究型"英美文学课程可以给高等院校英语专业改革带来新动力。

其次，英美文学课程建设可以满足新一代大学生对英语专业英美文学课程的需求。英语专业课堂上学生沉默、学习懈怠，课后上培训班的现象，主要是因为现有英语专业的课程设置和授课方式不能很好地迎合新时代学生的需求。当代青年在网络和多媒体环境下长大，他们日常交际的英语能力较过去的大学生有很大进步。但是他们的应用能力较弱，如双语和全英语专业课上听课、要点记录、观点陈述等方面，以及原版教材和专业文献阅读，论文及摘要撰写等方面语言能力缺失。所以应针对新一代大学生同一时间能承担多重任务，通过感官学习，反馈快速等特点，调整英美文学教学定位，为社会培养能熟练使用外语的工程技术人才。

最后，可以推进英美文学教师职业化进程。提高人才培养水平，最根本的是提高教师质量；提高英语专业教学质量，最根本的也是提高教师教学水平。尽管近年来英语专业教师队伍建设取得了稳步发展，但这支队伍的业务水平和教学能力还不能完全适应英语专业教学改革的新要求。因此，在新课程体系建设的背景下，英美文学教师必须更新观念，转变角色，提高学术水平和教学水平。

三、"现代型教学"模式

由"传统型教学"到"现代型教学"的转变,必须从教学观念、教学内容与方法等方面进行变革。

(一)教学观的转变

现代教学观主张以教师为主导、以学生为主体、以就业为导向,实现培养目标和培养规格,并以现代新技术为支撑。采用以网络技术为依托的实验手段,依靠计算机、多媒体和远程通信技术,对英美文学课程的教学内容、教学组织形式进行彻底变革。利用网络教学、双向教学、远程教学拥有的软件资源,开发学生智力,培养自我学习与探索新知识的能力。

要将教学、科研和应用有机结合。以现代信息技术为依托,以科研促进英美文学教学与应用。开拓新知识,增强科研意识,提高师生的实践创新能力。以研究带动应用,其重点与难点在于探索问题、研究解决问题与成果应用三个环节。

(二)课程观的转变

教学内容和课程体系的改革应遵循这几个基本原则:必须反映当今社会的生产力水平及科技创新成果,有利于促进生产力发展;必须反映人才培养目标和规格需要;要体现近代文化、科技创新;要精选英美文学教学内容,因材施教,从而有利于学生英语能力的培养与可持续发展。

英美文学课程的设置与内容的选取应以社会需求为目标,以应用能力的培养为主线,设计相应的培养方案,构建相应的课程与教学内容。基础理论课程以应用为目的,实践教学应占有较大的比例,着重培养学生的英语应用能力。

(三)教学方法的转变

第一,由传统方式向互动式转变。传统英美文学教学把重点放在事实类知识的传授上,学生只能处于被动的地位,缺乏对知识结构的深入探讨。互动式英美文学教学以动态问题为主，启发学生主动思考、积极参与，教师的主导作用主要是知识的引导与教学的组织，并将教师的主导思想，转化为学生自主的学习行动，从而获得好的教学效果。

第二，由封闭式向开放式转变。现代型英美文学教学以现代高科技信息技术为依托，将以学校为主的传统封闭式英美文学教学转变为开放式教学，通过校园内外的网络开通多媒体教学、空中课堂、网上教学，及时获得新的知识。信息高速公路的实现必将成为最理想的开放式教学手段。

第三，由理论教学向实践教学转变。传统英美文学教学着重课堂教学，并强调理论的系统性和完整性。现代型教学则着重实践课教学，使学生拥有充分的时间进行实训以掌握技术要领，从而快速提高学生的英语实践能力。

现代型英美文学课程教学的优点在于采用因材施教的分层次个性化教学手段。由于各大专院校大量扩招，导致学生人数多，在此情况下，协同学习是一种很好的弥补方式。通过课堂讨论学习的方式，学生之间学会交流、合作、竞争。在此基础上积极创新环境，发现学生个性，分层次、分阶段地实施教学，逐步完成因材施教的个别化英语教学。

（四）现代型教学的实践模式

在高等教育领域，国际上比较成功的现代型教学实践模式是德国的双元制教学模式，即企业与学校合作进行职业教育的模式。受训者既是企业的学徒，又是学校的学生，一身二属，故称"双元制"。受训者接受理论课和实训课两门课，理论课与实训课学时之比为3:7，理论课可在学校进行，实训课则在企业进行，注重受训者的实践技能、技巧的培训。

北美较为流行的是能力本位的教学模式，是将一般知识、技能、素质与具体职位相结合，以整合能力管理为理论基础，以模块为课程结构的基本特征，以"学"为中心，以自主学习的方式来进行。首先对原有的学习能力进行自我认可，确定能力的学习目标，继而进行自学活动，在现场进行尝试性能力操作。参照标准进行自我评定,达到全部目标者可获得国家承认的证书和学分。

我国是"习而学"的教学模式。这种模式提倡边做边学,理论联系实际,学以致用,以达到学习水平和业务水平相互促进、共同提高的目的,培养的人才更能适应工作岗位的要求。

(五)更新教师知识

现代型教学比传统型教学更先进,其中包括以应用为主的多种形式。要奠定坚实的现代型教学的基础,英语教师知识的更新是关键。教师要树立继续学习、终身学习的思想,不能满足于现有的知识水平,而应不断学习,更新知识结构,使自己处于学科的前沿。教师还必须承担一些具有创新性的研究课题。比如通过对英美文学相关课题的研究和探索,加深自己的专业知识力争成为本学科的学术骨干。教师还应当深入生产实践,走产、学、研相结合的道路,在生产实践中获得足够的经验,力争成为"双师型"教师。

四、现代型英美文学课程教学的特点

现代型英美文学课程教学具有时代的开放性,以现代信息技术为依托,将教学、科研和应用有机结合,以教研促科研,以科研带教研和应用,与传统型教学相比具有如下特点。

(一)教学观念的创新性和前瞻性

在英美文学教学思想方面,现代型教学比较注重知识的专题性、前沿性、开拓性以及对现状的把握和前瞻。以现代信息技术为依托,重点放在实践教学上,以社会需求和培养应用型人才为目标,以创新为目的。

(二)教学内容的互补性和实用性

现代型教学在高校中是将系统教学与专题研究、理论教学与实验教学、研究与应用紧密结合。英美文学教学内容的选取以社会需求为目标、以技术应用能力的培养为主线,突出其实用性与文化传导,重在培养学生独立发现问题、解决问题的思维和实际操作能力。

(三)教学方法的直观性和科学性

现代型英美文学教学不仅利用传统的挂图、模型、幻灯、投影仪等教具,还充分利用现代科学技术手段,充分利用网络、多媒体,综合计算机、图形、图像处理、电子技术、影视艺术、音乐美术、教育学、心理学、教学法等诸多学科与技术,集文字、图形、图像、声音、视频、影像、动画等各种信息于一体,使抽象、深奥的信息知识简单化、直观化,缩短了客观事物与学生之间的距离,并能充分调动视觉、听觉能力,集中学生的注意力,提高掌握英语知识的能力。

(四)教学模式的职业定向性

无论是德国的双元制还是我国的习而学的教学模式,或是能力本位的教学模式,现代型教学都以社会需求为目标,以某一岗位群为目标来组织教学,培养学生的职业能力,因此具有明确的职业定向性。

(五)教学能力的知识性

现代型英美文学教学将基础教学与应用教学、传授知识和研究新课题结合起来,并立足学科的前沿,培养出适应时代的创新人才。

现代型教学要求英语教师不断更新知识,力求在教学中做到"新、博、独、深、精"。"新",即用新观念、新思想、新方法,讲授新内容,使学生有耳目一新之感;"博",即知识渊博,讲授内容广博,信息量大,使学生广学博收;"独",即用独特的方法,讲授独到的见解,培养学生独立思考、独立研究的能力;"深",即深入讲授、深入探索、深入研究,有意识地培养学生探索和研究问题的意识,以及信息调研的能力;"精",即精心准备、精心实施、精讲多练,使学生易学、易记、易用。

总之,培养新世纪的高等人才,需要有全新的思想观念,优化的课程体系和高水平的师资队伍,英美文学课堂教学要以社会需求为目标。每一位从事高校教育的教师,都必须以提高学生的实际应用能力为目标,认清从传统型教学向现代型教学发展的必然性,从教学观念、教学内容、教学方法、教学模式和教师知识结构等方面深入探究现代型教学及其特点。

第二节　整体化的英美文学教学

对于英语教学本体的追问和对价值的辨析,对于英美文学教学真善美的不懈追求,最终都要通过一定的方法才能实现。方法论是哲学的基本讨论范畴之一,同时也是文化哲学的研究重心。在文化世界中,人总是在不断地寻索和探究,力图使自己的方法、手段与所要达到的逐渐优化人的生命存在的目的相适合,在追求真善美的过程中,通达自由。

融通是当今世界的特征,也是人生的最高境界。万有相通,万物一体,万事相息。一切即一,一即一切,人们置身于一个千差万别而又彼此融通的世界。

一、洞悉文化世界的融通

文化哲学给人们提供了一种世界主义的哲学眼光,这种哲学态度强调包容、共在、融通和综合。文化哲学反对任何形式的"中心主义",在当今世界日益一体化的大背景下,这些都变得越来越不合时宜。同一个世界、同一个人类和同一个地球,已经成为现实。在此背景下,人们需要一种共同的思想方式、理解方式和把握方式或者说需要一种共通的精神和态度,也就是说,需要哲学上的融通和综合。世界主义的哲学眼光还要求人们以一种跨文化的态度来审视一下以往那些基本上包容于某一文化传统之中的哲学,在文化比较研究的前提下,理解它们之间的共通性与差异性。文化在本质上是趋于整合的,包容、融合、整合和统一体现在文化的存在、文化价值和文化空间等方面。

从文化存在的角度看,"无"与"有""天"与"人"和"绝对的自然世界"与"相对的自然世界"(即自然世界和文化世界)等都是同一的、融合的。

人的生命存在是一个心物合一的结构，"心"与"物"也是统一的。而符号作为一种中介，是主体与客体之间的一种整合或联结。生态主义的世界观强调人与自然相和谐（协调）的文化态度，主张人应在尊重自然、善待自然的基础上优化自己的生命存在，从而达到人与自然的和谐、融合与统一。因此，和谐、融合和统一体现在文化的存在中。

卡西尔在其名著《人论》中提出，人的突出特征即人的劳作（work）。正是劳作，规定和划定了"人性"的圆周。"语言、神话、宗教、艺术、科学和历史，都是这个圆的组成部分和各个扇面。因此，一种'人的哲学'一定是这样一种哲学，它能使我们洞察这些人类活动各自的基本结构，同时又能使我们把这些活动理解为一个有机整体。语言、艺术、神话和宗教绝不是互不相干的任意创造。它们是被一个共同的纽带结合在一起的。"

从历史形态来看，文化经历了神话、宗教和世俗文化等形态，到了近代，文艺复兴、宗教改革运动和启蒙运动等此起彼伏，各领风骚，但它们却导致了近代以来的"人"与"物"分裂的文化危机。而整体主义的文化观或生态主义的文化观，强调对人的存在和"世界"的存在这二重存在的合法性理解，以及对二者的共同优化，这是一种积极的、人与自然一体化的和追求二者和谐的新文化观。

从文化价值来看，统一、融合也体现其中。"真""善""美"是人类的三种终极价值，实际上，人在其生命存在活动中，对价值的这三个方面的追求是统一的，即使在不同的情况下侧重点有所不同，也仍然是融三者为一体的精神活动。因此从整体来说，"求真""求善""求美"是统一、和谐、融合的，人们不能对这三个领域做分割式的、隔离化的片面理解。人既要求真，又趋善、又爱美。这是生命存在的一种稳定性的结构，它形成一个"系统"，各个价值领域在这个系统中是互相联系的，也是互相支持的。求真的价值追求使人们有一个实在性的生命存在；求善的价值追求，使人们在世界环境中、人际关系中和精神追求中有一个和谐的生命存在；求美的价值追求则使人们有一个越来越完美的和全面发展的生命存在。然而，人的生命存在只有一个，所以诸价值在生命存在中统一为一体。

人的正常的、健全的生命,不可能也不应该缺少任何一个价值领域。实际上,一旦缺少了某一领域,人的生命存在就成为"有缺陷的",或者"病态的",甚至形成不可能继续生存下去的局面。

从时间维度看,文化也是一体的、连续的;从时间的标记方法看,文化时间的标记方法,同科学历法(即自然时间)的标记方法是同样的,所以,"年""月""日"既是自然时间的"刻度",也是文化时间的"刻度"。从其本身看,历史就是众多事件的综合,它们互相佐证,互不矛盾;从规律与人的关系看,制约性与被制约性构成统一;从时间观看,历史的时间观与文学的时间观构成统一;从文化的进步机制看,保守与变革在整合中形成统一。文化的进步有赖于各种文化内容之间的和谐与统一,要注重人的物质生活和精神生活的统一发展。统一、综合也体现在文化时间中。此外,这里的"自然时间"和"文化时间"既有区别,又有联系,是时间哲学的新思维。

在空间维度上,文化同样具有统一性和融合性。从文化的意义看,自然空间和文化空间是统一的、融合的。以发展的眼光看,覆盖各民族文化空间的普遍的全球文化即将形成。这种全球文化,就是一种包容的、融合的、整合的和世界主义的文化,这是人类文化发展的终极目标。正如罗蒂强调,"西方思想必须从黑格尔式的绝对独断论的统治中解放出来,走向对话、交流、宽容与多元。"这已成为世界性的文化趋势。

二、课目—语言整合学习观

英美文学教学是一个融通的文化世界。在这个文化世界中,各种学习方式相通,人与人相通,人与文本相通,人与环境相通,最重要的是语言与内容的相通。

语言与内容是相通的,这是因为人活在语言中,人更活在由语言反映的思想内容中。语言是内容的载体,语言反映了思想,抓住了语言,就抓住了思想。"课目—语言整合学习"(Content and Language Integrated Learning,简称 CLIL)就体现了语言与内容之间的全息关系。

"课目—语言整合学习"顺应欧盟对多语教学的诉求,于几年前发端于欧洲。这一学习方式于 1994 年被界定,1996 年在芬兰的捷瓦斯基拉大学(the University of Jyvaskyla)启动。之后,迅速在欧洲其他国家及美国等地开展,现在已为世界许多国家采用。

　　"课目—语言整合学习"是指将除学生母语之外的另一门语言作为教学语言进行授课的一种教育模式。就原则而论,任何一门第二语言或外语都可作为"课目—语言整合学习"课堂的教学语言,但在实际教学中,英语还是占据主流。

　　除了"课目—语言整合学习"这一术语外,类似的术语还有以内容为本的教学(Content—Based Instruction)、双语教学(Bilingual Teaching)、双语教学课程(Dual Language Programs)和跨课程英语(English Across Curriculum)等。

　　"课目—语言整合学习"在欧洲国家的公立教育体系中的确是一种创新,这一创新与 19 世纪以来的单语教学形成了鲜明的对照。人口的不断减少使欧洲成为不同的社区,日渐统一形成了欧洲联盟。国际化和全球化的潮流促使学校为学生提供能够立足于国际舞台的技能。这些社会、政治原因,使许多国家都提供了用英语作为教学语言的"课目—语言整合学习"的教育模式。到 20 世纪 90 年代初期,在欧洲,"课目—语言整合学习"的潮流已映入人们的眼帘,如今世界许多地方的学生都通过除母语之外的另一门语言接受教育。

　　"课目—语言整合学习"的兴盛基于一定的缘由。有人认为,在学校环境下的外语学习结果往往不能令人满意,尤其是学生对口语的掌握方面。教学世界原本脱胎于生活世界,因而教学原本就是生活的一部分。人们普遍认为,困难并不在于教授第二语言,而是在于如何在课堂中教授第二语言。第二种语言为外语的情况下,"课目—语言整合学习"是一种更明智、更经济的方式,通过这一方式,人们可以把学校生活或部分学校生活转变成自然的语言环境,使语言学习成为"学校与课堂里真实的学生学习活动和教师教学活动"。在这种环境下,学生可以把外语学习课堂中的辛苦甩到九霄云外。

　　毋庸置疑，"课目—语言整合学习"课堂并不是典型的语言学习课堂，因为在这种情况下，语言既不是指定的学习对象，也不是互动的内容，而只是一种传达内容的媒介。而外语学习课堂，则是把语言作为互动的内容，师生讨论的是语法规则，课堂教学的注意力直接聚焦语言形式，尤其是语法的正确性。除了元语言知识和一些目的语的相关文化知识之外，外语学习课堂并没有特定的学习内容。

　　学习内容的课程（如地理学、历史学和商务研究等）包含了大量的概念、主题和意义，在这样的真实交际中，才会产生对目的语的自然运用。在这样的环境中，有望实现语言交际教学和任务型教学二者的有机结合。"课目—语言整合学习"本身就确保在真实交际中运用外语，"课目—语言整合学习"可以激发学生自然地学习语言，培养学生的交际能力。

　　在"课目—语言整合学习"课堂上，主要的问题与挑战是如何处理语言和内容的关系。尽管这一术语冠以"整合"二字，但在语言和内容二者之间仍充满了张力和冲突。冲突的焦点主要是何者优先的问题，是内容优先还是语言优先。

　　人们的忧虑包括广度和深度两个方面。其一，外语可能会减慢课程的进展速度，致使教师无法完成课程内容；其二，较低的语言能力可能会影响学生对所学内容知识的深层理解。

　　目前，在欧洲，围绕着语言和内容的关系问题似乎已然得以解决，主要还是遵循"内容为先，语言次之"，但为何如此，并没有明确的标准。"课目—语言整合学习"是现代外语教学不可或缺的一部分，在这样的课堂上，虽然语言不是课堂互动的特定内容，但除了内容学习目标之外，仍有一些语言学习目标，否则，实施"课目—语言整合学习"也就失去了意义。但是，这些语言目标又不能太具体。

　　要阐明"课目—语言整合学习"课堂中语言与内容的关系并非易事。有学者指出，"课目—语言整合学习"项目可以是内容为驱动，也可以是语言为驱动。关键是人们要明确所实施的项目性质，因为学习目标和结果预期的内在含义是深远而广泛的。

关于"课目—语言整合学习"的方式是现代外语教学的一大进步。它体现了一种融合,折射出了语言与内容之间的融通关系,应该成为英语教学未来发展的必然之路。

第三节　个性化的英美文学教学

对自由的追求,贯穿于英美文学教学的始终。自由,意味着人的自主性、自决性和自由性;意味着人自己掌握、决定自己,人自己创造自己。走向个性化的英美文学教学,就是要彰显教师和学生的自由,承认"通性",尊重"间性",鼓励自主学习,实现英美文学教学的个性化和自主化。

一、承认通性,尊重间性

世界日益呈现出政治多极化、经济一体化和文化多元化,多元文化共存成为地球文化的典型特征,各种文化相互交织、冲突和融合,文化融合已成不可阻挡之势。如何促进文化融合,首要的任务是要承认文化通性,尊重文化间性,从而构建一种覆盖各民族文化空间的普遍的全球文化。所谓"通性",是指文化间的可沟通性;所谓"间性",指的是文化间的差异性。人们把民族间存在文化差异这种情况,从文化研究的角度加以观照,称它为文化间性。

因为有了文化通性,不同民族之间的文化才有可能进行干涉和交流,不同民族间才可能相互交往。因为有了文化通性,不同民族间才有相互冲突的同一性基础,并最终融为一体。文化通性是全球文化得以形成、得以成立的文化本身的内在可能性。

然而,不同民族间的文化并不只是具有通性的,各民族文化之间的差异和个性状况,即文化间性也是不容忽略的一个重要方面。如果只看到"通性",而看不到或者忽视"间性",要想实现文化的融合并形成统一的全球文化是不可能的。因此,在承认文化通性的同时,人们还必须承认并尊重文化间性,这需要做到以下几点。

第一,尊重文化间性,就是要正确认识文化间性,即文化的民族特色存在的合理性。"要尊重一个民族,要把一个民族看作自己的兄弟,就应该尊重他们的民族特性,即民族个性、特殊性,把这些东西看得同他们的生命存在那样重要。"人们要尊重、理解每个民族的文化特性,不能期待文化间性的消失。

第二,尊重文化间性,就是要提倡各种文化"和平共处"的交往战略,形成平等、公正和互不干涉的交往原则,树立宽容、包容与理解的交往态度。

第三,尊重文化间性,就是要容忍多元文化共生共存。不同的文化事物,并不一定是相互对立的,也不一定是不相容的,同时,不一定要在它们之中规定出哪个是"正确",哪个是"错误"。要承认文化多样共存的合理性。

第四,尊重文化间性,就是要开阔胸怀、放开眼界,应用超越式的思维方式来考虑问题,要善于进行"立交桥式的思维",从而化解冲突、丰富文化,用世界主义的哲学眼光构建全球文化,实现各种文化的融合。

作为文化江河的一条支流,英美文学教学文化同样存在着通性和间性。人们需要承认英美文学教学中的通性并尊重其间性,构建和谐的英美文学教学生态环境。

二、倡导校本性,彰显个性化

长期以来,我国英美文学教学领域一直都实行行政主导,统一性和同一性多年来一直主宰着中国的英语专业教学,以至于英语专业教学各种课程"千人一面"。因此,中国英美文学教学的显著特点是"通性"有余,个性与多样性不足。我国各地区、各高校之间情况差异较大,英美文学教学应贯彻分类指导、因材施教的原则,以适应个性化教学的实际需要。各学校之间存在的差异性即为"间性"。不同学校英美文学教学的"间性"决定了各自的大纲、教材、教学方法和培养目标的不同。

校本性是化解英美文学教学"间性"的有效方式,在承认、尊重"间性"的基础上,充分体现自己的学校特点。英美文学教学应立足于个性,以各校的教学实际为本,根据各自不同的人才培养目标,编写校本教材,开发校本课程,在学时、教学方式和教师教育等方面,倡导"百家百样""各展所长",实行自下而上、草根式的校本教研,形成独特的英美文学教学特色。

教学是人为的(by people)活动,同时也是为人的(for people)活动。学生是教学的主体,一切教学活动都应以学生为本,凸显教学过程中的个性化。

每个学生都是独立的个体,学生的英语基础、学习需求和学习方式等都千差万别。英语教学应充分体现个性化,因人而异,设置丰富、多元的课程资源,给学生充分的选择权利、选择自由和选择空间。在统一的基础上,注重个体差异,张扬学生的个性自由。

建立常态的师生沟通交流机制。在课后,教师与学生之间可以通过电子邮件、聊天群等进行沟通,及时反思教学,交流教学中的问题和解决办法,同时可以增进师生间的了解与感情。

三、学生赋权,自主学习

随着英语专业教学改革的不断深化,自主学习开始进入英美文学教学课堂。近年来,作为一种新型的教学理念,自主学习已成为英语专业教学改革的主流思想。英语专业教学的目标是培养学生的英语综合应用能力,特别是听说能力,使他们在今后的学习、工作和社会交往中能用英语有效地进行交际,同时增强其自主学习能力,提高综合文化素养,以适应我国经济发展和国际交流的需要。为了实现这一目标,教育部改革现行的教学模式,将现在的教师讲、学生听的被动模式转变为以计算机、网络、教学软件和课堂综合运用为主的个性化和主动式教学模式。在这种模式下,培养学习者自主学习能力是教师的首要任务。

20世纪50年代起,自主学习(后来被称作学习者自主)就成为教育心理学的一个重要课题。"学习者自主"的概念由亨利·赫利柯于20世纪80年代初正式提出,但其研究达到高峰却是在20世纪90年代末期。亨利·赫利柯的著作《自主性与外语学习》于1981年出版后,将学习者自主的问题开始引起西方外语教育界的关注。90年代末,西方外语教育界对学习者自主问题的讨论和实践可以与80年代流行的"交际法"并驾齐驱了。

学习者自主这一概念属于教育哲学的范畴。最早开始研究外语自主学习的赫利柯将它定义为对自己学习负责的能力,他认为,学习者自主是学习者在学习过程中"能够对自己的学习负责",即能够负责地对有关学习各方面的问题进行决策。这种决策活动体现在五个方面:①确定学习目标;②决定学习内容和进度;③选择学习方法和技巧;④监控学习的过程,如节奏、时间、地点等;⑤评估学习效果。大卫·里特尔指出学习者自主是一种"进行客观的批判性反思,做出决定和独立行动的能力"。狄肯森认为,学习者自主是学习者承担包括学什么与怎么学,选择学习时间、地点、材料和进度等责任在内的一种能力,并认为根据文化背景与学习者个体差异等因素,应有不同形式和程度的学习者自主。

本森认为语言学习的自主性有以下三个方面:①自主学习是一种独立学习的行为和技能;②自主学习是指导自己学习的内在的心理动能;③自主学习是对自己学习内容的控制。张彦君认为,自主学习在外语学习方面主要成分包括态度(attitude)、能力(capacity)和环境(environment)。

华维芬综合了自主学习的不同定义并将它们大致分为四类:能力说、环境说、责任说和综合说。"能力说"把自主看作是学习者的一种自我管理能力;"环境说"要求学习者在任何环境下都要对自己的学习负责,同时,环境对促进学习者自主起着决定性的作用;"责任说"强调学习者必须对自己的行为结果负责,认为要促进学习者自主就必须培养学习者的责任意识;"综合说"则从多个层面对学习者自主进行定义。

伯德指出,学习者自主有三个层次,既是一个教学目标,又是一种教学理念,同时它还是一种学习策略;实现学习者自主可以用三种策略,以个人为中心的策略、以小组为中心的策略、以项目为中心的策略。

关于"autonomy",不同的学者有不同的看法。有的学者认为,"autonomy"是一个学习过程,在这个过程中,学习者积极练习对自己的学习负责,他们根据自己的需求和现有的知识确定自己的学习目标、制订学习计划、监控学习过程和评估学习结果;也有一些学者认为,"autonomy"是一种学习能力,它强调的是学习者的特点而不是学习过程。总之,目前普遍认为学习者自主包含两个特征。首先,学习者应该对自己的学习负责;其次,"对自己的学习负责"意味着,学生完全有权利决定那些传统上由老师决定的事情。

关于学习者自主的程度,里特尔伍德认为,自主学习中的自我调节有两个层次:前摄自主或积极性自主学习性、后摄自主或反应性自主学习性。前摄自主学习,是指学习者能够管理自己的学习,确定自己的学习目标,选择合适的学习方法,以及评估自己学习的进程与结果。

这是一种学习者完全独立于外界影响的学习自主行为。后摄自主学习,是指学习者在教师指导性介入前提下的自主学习。在后摄自主学习中,学习者通常自己不能确定学习目标,一旦学习目标被确定(由教师或教学大纲确定),他们就会朝着这个目标自主地组织学习资源。里特尔伍德认为,后摄自主不是前摄自主的预备阶段,两者是可以同时存在的。

无论人们的意见如何,目前,自主学习已渐成潮流,涌入英语专业教学各门课程之中。如今是信息化技术高速发展并普及的时代,可以采用以计算机和课堂综合运用的英语教学模式,改进以教师讲授为主的单一教学模式是时代的呼唤。新的教学模式应以现代信息技术,特别是网络技术为支撑,使英语的教与学不受时间和地点的限制,朝着个性化和自主学习的方向发展。因此,在网络条件下的英语学习,可以帮助学生实现自我解放,学习者将被允许做出选择,对自己的学习承担起更多的责任,自己做自己的主人,自己的学习自己做主,让学生获得更多的自由。

诚然,网络并不是学生自主学习的唯一场域,图书馆、教室和草坪都可成为学生自主学习的场所。同时,在中国以教师为中心的教育背景下,应多开展后摄自主学习,学生可在教师指导性介入前提下实施自主学习。教师要对学生的自主学习进行策略指导和过程监督,对学生的自主学习给予相应的面授辅导,以保证自主学习的效果。

给予学生自由选择机会是体现学生主体地位的重要原则。人作为主体,具有主体性,在客体面前表现出能动性,而选择性是主体能动性的基本含义,学生有了自由选择的权利,表征的是他在客体面前具有了能动性,因而体验到一种做主的情感。自主学习是对学生的一种解放,赋权于学生,彰显了对学生的尊重。这是英语专业教学,也是英美文学教学走向自由的重要里程碑。

第四章 文学圈教学法在
英美文学教学中的应用

文学圈教学法是美国一种比较成熟的阅读教学方法,它起源于英语教师从事阅读教学时的独特发现,其实质是运用合作学习弥补阅读教学的不足,解决传统阅读教学存在的诸多问题,它的引入与实践给阅读教学带来了重大变革。这种开放性的阅读教学活动集民主与多元于一体,尊重学生的自由表达与独到见解,关注他们情感、审美、创造力、交流合作与自主学习等多种能力的培养与提高。学生通过在文学圈里的阅读、讨论、交流、分享,能够发现自我、提升自信、培养阅读兴趣与良好的阅读习惯,能够提高综合能力与思维品质,成为终身阅读的爱书人。文学圈教学法作为一种具有无限生成性的阅读教学方式,可以为我国的阅读教学提供宝贵借鉴。文学圈教学法的最大意义在于提供了一种新颖的阅读教学方法,具有一定的发展前景和推广价值。传统阅读教学易流于单向教学,而文学圈教学法将一人对多人的统一讲解和传授转变为小组自行讨论,将老师作为唯一权威转变为学生个人意见受到高度重视,将短暂的密集型阅读行为转变为长期的分散式阅读,这些转变都很好地体现了新课程标准所倡导的基本理念,对我国新一轮的课程教学改革有着较大的推动和促进作用。

第一节 文学圈教学法的概念与理论基础

一、文学圈教学法提出的背景

19 世纪末 20 世纪初,早期的资本主义逐渐扩张、政治权力过度集中。当时设立进步学校，进步主义教育的目标就是要发展"全人"（包括心理、身体和思想）的教育，使未成年人发展成为一个自主独立的个体，提倡社会的和谐与矫正社会的弊端。此外，1920年至1930年间，在许多教师的共同努力下，实施了"语言经验策略"。这一策略使用了儿童自身的语言和经验作为读写的教材，至1940年"语言经验策略"正式形成。另一项与进步主义密切相关的是始于1960年的开放教育，其中最著名的措施包括开放教学、开放教室、非正式教育等。20世纪末，整个资本主义社会处于一个多国企业、多种服务业经济、多家公司间相互并购的疯狂的经济时代，这一时期，生活受到多种媒介的干扰，人们之间产生越来越多的疏离感。在这样的时代背景下，孕育了全语言教学运动。它具有解放教育的独特潜力，赋予学校教育深度的"社会性格"，注重对世界进行批判性的思考，同时也主张提升多样化的价值和民主素养。语言教学与进步主义教育、语言经验策略密切相关。进步主义教育关注全人教育，语言经验策略强调学生口语，这些都是全语言教学的基础。学者们对语言教学的影响不言而喻，除了上述的时代背景之外，教师的自觉和学者的研究发现，也起到了积极的推动作用。在国外，阅读心理学家根据信息加工的认知心理学的观点和方法，对整个阅读过程进行过许多研究和分析。一般认为，阅读理解涉及三个主要的成分：一是读者的认知能力，二是读者的语言能力，三是文本的结构组织。在不同的理论模型中，研究者强调的重点不同。有些强调文本的作用，假定文本对读者有重大的影响；另一些强调读者的作用，假定理解具有重要作用，同时以文章提供的信息和读者已有的知识为基础。因此，阅读理解的理论模式大致可以分为三类：自上而下式、自下而上式、相互作用式。

在很长一段时期内，阅读和写作的教学方法变化不大，学生一般是从易到难地学字母、单词再到句子。教育者们认为只有在学生能够自如地识别字母、字母组合和单词之后才能让他们接触小故事、小诗歌和短的文学作品，这样他们在遇到生词时能够运用所学技能去认读生词，这就是运用了"自下而上式"的阅读教学方法。但这种方法绝对不能应用于听障儿童的教学中,于是"全词法"出现了,这就是全语言理论的前身,它最早是20世纪初出现在美国的一种方法,后来又发展成为"看—说"法。1908年埃德蒙·休伊博士出版了《阅读心理与教学方法》一书,由于他在教育界的影响力,这一方法得到广泛应用。1928年,哥伦比亚大学的亚瑟·盖茨博士又出版了《早期阅读的新方法》一书,说明了"全词法"的成功之处,使这一方法在20世纪20年代得到社会的广泛认同并深受喜爱,直到1950年,"全词法"仍然是教授阅读的最主要的方法。

"全语言"这一概念是由美国亚利桑那大学的肯尼思·古德曼博士在20世纪80年代早期首先提出的。全语言理论虽然和全词法不完全一样,但它所倡导的理念,如"重意义,整体呈现,单词认读技能"等,与"全词法"还是很相似的,也就是"自上而下式"的阅读教学方法。古德曼"自上而下"的阅读模式即把阅读看作一个"取样、预期、检验和证实"的循环过程,认为阅读是一种"心理语言猜谜游戏"。读者利用已有的知识和吸收的少量信息,猜测、构想出字母、单词和语音。他提出,有效的阅读不是对文章所有元素准确地知觉及辨别,而是用选择最少、最有建设性的必要线索去推测并一次性猜测正确的技能。阅读已不再是一个字接一个字的文学编码过程,而是一种与文字互动过程,并将此经验与先前所学的事物相联结,是一个意义建构的过程。首先,阅读者浏览文字,进而对它的意义产生预期。其次,阅读者对文字做选择,凡符合原有预期的意义的就保留,凡与预期的文字不符合的就推翻。如果预期被推翻了,阅读者不是放弃就是改变原有的预期,然后继续往下一个阶段推进。最后,就在这样对资讯预期、选择、确认,往前推进的过程中,阅读者将新的资讯整合至自己原有的知识体系中,当阅读者阅读完整的文章时,理解便发生了。了解的深度如何,则取决于阅读者的预期、文字选择以及其后来拥有的知识程度。总而言之,以"自上而下"的阅读模式为主的阅读是追求意义的过程,是读者已有知识配合篇章信息的过程。

20世纪70年代末80年代初,美国许多教育工作者对传统的英语阅读教学提出了挑战,他们认为以教授阅读技巧为基础的课程设置与人们的阅读行为不吻合,同时也不符合儿童阅读习得的自然发展规律。以古德曼为代表的一批学者,受维果茨基理论的影响,(在维果茨基的理论里,非常重视社会历史文化环境的作用,认为个体的发展过程就是不断掌握社会文化的过程。而语言是掌握社会文化的重要工具,因而人类的语言学习与其掌握社会文化的过程、社会化的过程是密切联系、相互影响的。)将儿童语言教育置于社会文化环境中进行再思考,并且吸收当代有关儿童语言发展的研究成果,开展"全语言"的语言教育改革运动,并提出了"全语言教学思想"的理论。全语言也译作"完整语言""整体语言""全语文"等,是近年来国际语言教育领域讨论的一个热门话题。其产生之初用于美国中小学校教授本民族的语言艺术及阅读学习,后来被扩大应用于中学,乃至成人教育阶段的阅读教学。全语言教学方法提倡人们在形式多样的、有目的、有意义、真实的言语环境中,在与他人相互作用的过程中,通过运用语言来学习语言。这一教学理念对美国、加拿大、新西兰、澳大利亚等英语国家的语言教学产生了巨大影响,同时也引起了全世界教育界的关注。1986 年,"全语言教学"之父肯尼思·古德曼最早给全语言教学下的定义是:"全语言教学是一种视儿童语言发展和语言学习为整体的思维方式。"他认为,语言中的音、部首、字、词、短语、句子都只是语言的片段,而片段的综合永远不等于整体,语言只有在完整的时候才是语言。这就要求语言教学要从语言的整体意义出发,尊重各种语言学习方式,重视各种语言作品的价值,强调听、说、读、写一起进行,以综合性、真实性的方式来学习语言。如果在真实自然的语境中学习语言,学习者便很容易掌握要领,全语言教学注重将有意义的语言以全面的、完整的方式传达给学生。1992 年,拉普提出全语言代表了一种哲理或理念而不是某一种具体教学法。语言教学是一种以学习者为中心的教学方法,该教学方法引导学习者主动体验语言环境和语言自身的意义,而不是由教师权威地讲述,也不是要学习者模仿或复制教学者的知识。全语言教学视学习为承担风险、探索知识的过程,在尝试错误中发现新的学习方法。1993 年,埃德尔斯凯的全语言观点是:人们在学习语言时,不是把语言分割为词、音、句等部分来学的,而是作为社会生活需要学习的一整套东西。全语言中的"全"至少应该体现在这三个方面:第一,语言应该被看成一个整体,而不能人为地将其分解为诸如语音、语法、词汇、句法等。教授语言也不应人为地把听、说、读、写等技能割裂开来分别进行。第二,教与学是个统一的整体,教师与学生组成一个整体,在教学的每一个环节都存在着明显的互动性,教师应该充分注意到学生的各个方面,如兴趣、智力水平、目的需求、接受方式等,并让自己充分融入学生整体。全语言强调以学生为中心,学生应该成为学习的主人,有一定的选择权和决定权。第三,语言知识、语言技能和语言运用是一个整体,语言所表达的内容是一个整体,教师不应离开语言所表达的内容去教授语言。语言自然地表达了内容,而教师则应积极鼓励学生去联想,力求做到文内文外融为一个整体,从而达到学生自然运用语言表达真实思想的效果。

"全语言教学思想"推动了以文学为基础的文学教学模式,该模式以文学作品为教学的核心,学生围绕文学作品进行阅读、讨论、写作,并在这一过程中学习阅读技巧、增长写作知识。建立在"全语言教学思想"这一教学理论之上的"文学圈"阅读教学法,适应了学生阅读能力发展的需要,从激发学生内在的阅读兴趣入手,保证学生的普遍参与和全面提高,成为阅读教学一种切实可行的方法。

二、文学圈教学法的内涵

文学圈的雏形产生于 1982 年,这种引导学生自发阅读、自行活动的教学方法由于效果很好,被渐渐传播开来,随着传播范围的逐渐扩大,正规意义上的文学圈教学法就形成了。"文学圈"这一概念为人们普遍关注,始于 1944 年哈维·丹尼尔斯的《文学圈:以学生为中心的教室里的呼声与选择》。在此书中他对"文学圈"的含义做了比较全面而明确的描述:"文学圈是暂时性的阅读小组,小组成员自主选择并阅读同样的故事、诗歌、小说或其他文学作品,在完成独立的阅读之后,小组共同决定要讨论的内容。每一位成员根据自己在小组中特定的角色和职责为即将到来的讨论做准备,按照角色设计作业纸,填写讨论发言的提纲。在讨论会上,每位成员按照自己预先准备好的讨论提纲进行讨论,努力完成自己的角色。当共同完成对一本书的讨论之后,大家会以一定的方式集中展示讨论中的精华内容,以便与更广泛的团体交流和共享。最后,完成讨论的小组之间进行必要的成员交换,选择更多的阅读材料,组成新的文学圈,开始新一轮阅读与讨论。"

(一)"文学圈"里的学生

学生是文学圈的中心,他们通过文学学习创造个人的世界,发挥个人的潜能,提升学习文学的兴趣。学生在阅读的过程中,运用各种阅读素材,从与教师和同学的讨论及磋商中,学会做出决定和分担部分学习的责任。在文学圈里,学生不单是知识的"消费者",更是知识的"生产者",他们边学习边与同学分享自己制作的学习材料。

(二)"文学圈"里的教师

在文学圈中,教师的角色发生了变化,他们由课堂的主导者变成辅助学生的促进者,他们成为学生学习的"中介人"。教师需要确认每个学生的能力及潜质,了解个别差异,为学生营造一个有目的、有意义、有利于阅读学习的环境,让学生有效地学习。教师身兼研究者、学习者、教育者的角色,他们不再把诸如文学作品及其含义等知识直接传授给学生,而是与学生一起构建新知识。

(三)"文学圈"的教室

文学圈的教室是一个充满挑战的学习环境,学生可以在一个开放的、自然的、丰富的、愉快的环境中思考问题,在真实的语境中应用所学,以寻求解决问题的方法。文学圈的教室普遍都设有资料角或资源角,摆放各种阅读资料,以便学生快捷有效地接触及查找各样的学习材料。学生的思想常受到来自教师、同学、教室布置及学习材料的影响,学生在这里有自由表达意见的权利也有遵守纪律与秩序的义务。

三、文学圈教学法所要遵循的原则

(一)学习过程从整体到部分

在传统的教学中许多教师都认为让学生先学部分再学整体是再自然不过的了,然而这种做法缺乏心理语言学根据。事实上,把语言割裂为部分从而使其脱离了上下文的做法增加了语言学习的难度。许多情况下,学生在努力学习了部分之后就对整体失去了兴趣和信心。就好像我们在尝了一道菜的配料之后可能根据某种配料的味道推测这道菜不好吃,从而也就对这道菜失去了品尝的兴趣。所以在文学圈阅读教学中,教师要充分了解和相信完整的语篇能给学生提供丰富的语言,同时教师们也应当认识到阅读学习的一个重要特点是从语篇中提取有用的信息和知识,并建构意义。只有学生感受到阅读和写作所带来的乐趣之后,他们才会积极主动地运用所学语言去读、去写,这样的语言学习才是有效的。在丹尼尔斯看来,读者能够对所读文章有自己的理解比能够正确地读出文章中的每个单词要重要得多。

在文学圈的课堂中,学生们完全沉浸在各种阅读和写作项目之中,教师不再系统地教授阅读和写作技能,而是鼓励学生们自己去探索、去发现。文学圈理论的一个重要理念是,只要教师给学生们创造出多彩的文字世界,他们就能在完整篇章的阅读和写作过程中识别出单个的词,因为语言的学习是从整体到部分的过程。

(二)以学生为中心开展活动

文学圈理论提倡完整的学习者,即教师在备课授课中应当考虑学习者的全部,包括他们的需要、兴趣、特点、背景和经历等,尽可能地使学生成为学习的主人,成为积极的读者和作者,使语言学习成为一件很有趣味的事情。在阅读教学中,教师们应非常重视让学生尽量了解作者和作者所处的时代,这样对学生理解作品帮助会很大。学生在对作者和时代有了更深入的理解以后,进入课文的学习也就容易得多了。

长期以来,我们的阅读教学总是停滞在这样的状态:教师在充分准备之后,站在讲台上对着学生侃侃而谈,学生坐在下面认真听讲,从教师的讲解中获取知识,所谓"传道、授业、解惑"正是对教师职业的一种描述。然而,文学圈教学却要求教师给学生创造大量的参与机会,使阅读学习、讨论交流都以学生为中心,调动他们的积极性,使学生主动获取所需知识,探索他们感兴趣的事情。

(三)凸显学习的意义与目的

文学圈课堂是以学生为中心的,如何调动他们的学习热情是十分重要的,让学生在课堂中及时看到学习活动的意义和目的,是确保他们能够积极热情地参与活动,将语言学习顺利进行的重要保证。当所学内容基于学生的经历和兴趣时,学生最容易理解其意义。但是仅仅这一点是不够的,学生可能理解其意义,却仍然不明白为什么要参与学习。所以,教师还需要将所学内容与学生的生活联系起来,使他们能发现学习的目的。最好的情况是学生能够有选择的机会,这样每个学生都可以找到自己的目的。比如在文学圈的课堂上,学生熟悉文本后,可以让他们自编、自导、自演文本中的人物与角色,形成"读者剧场"的形式。("读者剧场"是由两位或以上的朗读者手持剧本,在"观众"面前以声音及表情的形式呈现剧本内涵。朗读者可以事先将诗、散文、新闻、故事、小说及戏剧等各种文学素材,改编成剧本形式。在表演时,不需要装扮、戏服或道具,也不需要灯光、音效、场景等舞台装饰,而是直接以口述朗读手持剧本的方式,让"观众"通过想象剧本的内涵、聆听朗读者的诵读、观看朗读者的表情,来欣赏文学剧场的表演。)再比如教师可以利用学生们普遍喜欢的话题,鼓励学生各自选择一个侧面对这一问题进行小型的研究,从而彻底把问题弄明白。只有当学生们在学习的过程中认识到自己是学习的真正主人时,他们才更愿意在学习新事物时充满必要的冒险精神。

(四)提供交流互动机会

有意义、有目的的学习活动,大多数不是单个学生所能完成的,而是需要学生之间、师生之间进行交流才能完成。学生可以一起阅读或一起交流,他们还可以组成不同的小组,就某一共同感兴趣的话题或问题进行探讨和研究,在解决问题的同时他们就有了互动的机会,语言的使用就成为自然而然的事情。文学圈的观点认为帮助学生学习语言的重点在于情景的设计、动机的诱发、互动的建立及对情景中各事物的理解。其理论倡导要重视学生在形式多样的与他人相互作用的过程中,通过运用语言来建构语言的知识,并在与他人的交流合作中,提升自己的语言表达能力。

(五)信赖并发挥学生潜能

教师们有时有一种错误观点,即"我的学生不可能做到这些""学生们的能力还欠佳"或"学生们还离不了我的引导与指点"等,诸如此类,都是对学生现有水平的不信任,低估了他们的能力。教师们有时认为教学时机还不够成熟,不敢放大步子走,他们通常把一些好的教学思想、理念和方法置之一旁,守着固有的一条老路子,按部就班地把"东西"拆解开来,揉碎了教给学生。而文学圈教学法要求教师能够正确地评价学生的能力并对学生的能力充满信心,只有这样,教师才能在教学中大胆尝试,使学生的潜能得到最大限度的发挥,从而得到最好的学习效果。

四、文学圈教学法的理论基础

(一)读者反应理论

读者反应理论形成于 20 世纪 60 年代,到了七八十年代经过诸多学者的理论探讨,在文艺学界、教育界引起了强烈反响。读者反应理论注重全面研究读者及其审美经验,强调读者对于文本的主观参与作用,重视文本的阅读过程以及文本与读者之间的关系,着重建立读者与文章的错综复杂的关系。不同的读者,由于审美经验和阅读能力的不同,对同一部作品会有不同的理解;而同一个读者,由于审美经验的丰富、阅读能力的变化,对同一部作品的每一次阅读都会有不同的理解。在罗森布拉特看来,"阅读材料本身是不完全的,需要读者的经验使之完善,使之被理解。也就是说,学生与阅读材料之间的转换就是学生首先吸收原文,然后转变为自己对文章的理解,将学生的语言能力转换为语用能力,最终学生讲述他们阅读的故事,即学生不仅知道读,还应该知道读了些什么,而且更重要的是如何读懂的。学生不仅要知道答案,更要知道应如何得出正确答案。"一方面文本给读者提供了潜在的审美对象,是审美活动的催化剂;另一方面读者又把自己的审美经验、生活感受等与文本结合,从而经历一次新的审美感受。

20 世纪 80 年代,读者反应理论的研究从理论探讨转到了教学实践的研究。一些教育界人士以读者反应理论为指导,从教学角度出发,探讨文学的基本原则和教学方法,从而将读者反应理论运用到文学课堂教学中。读者反应理论反对把文本视为文学唯一对象的文本主义研究方法,认为文学研究应该以读者为中心,这一思想对文学教学的直接影响是把文学课的教学重心由课本转移到了学生,肯定了学生在课堂教学中的参与作用。

将读者反应理论应用在"文学圈"的阅读教学中,使学生不仅仅理解课文本身,理解作者的意图,更重要的是在理解中进行再创造,通过再创造加深理解。学生作为一个"理解群体",他们既有共同的特征,如相近的年龄阶段、文化程度、学生背景等;又有各自不同的个性,如不同的社会背景、家庭影响、个人需要及各自不同的世界观、人生观、价值观等。因此对于文本,学生会有一些共识,但更多的是各自不同的理解。以读者反应理论为指导的"文学圈",对学生各自不同的理解和反应给予了肯定与赞同。在阅读过程中,老师不再是引领学生发掘作品意义的主导者与组织者,而是发动学生们自己去观察、理解、思考、探索、发现的促进者与推动者。教师始终处在辅助、管理、推进的位置上,必要时,教师也可以加入一个"文学圈"的小组活动之中,和学生们一起研讨分享他们的阅读体会与学习心得。

(二)合作学习理论

合作学习是 20 世纪 70 年代初兴起于美国,并在 20 世纪 70 年代中期至 80 年代中期取得实质性进展的一种富有创意和实效的教学理论与策略。由于它在改善课堂内的社会心理气氛、大面积提高学生的学业成绩、促进学生形成良好非认知品质等方面实效显著,很快引起了世界各国的关注,并成为当代主流教学理论与策略之一,被人们誉为"近十几年来最重要和最成功的教学改革"。

合作学习是以合作小组成员的个体探索、独特感悟为基础,在科学交往的基础上,学生与学生之间、教师与学生之间在阅读活动中相互交流、相互启发、相互促进的互助性学习行为。教师以"平等中的首席"的身份参与教学活动,在教与学的过程中促进学生主体性的发展和良好人际关系的形成。文学圈里小型、临时的阅读小组的组成,是以小组成员间共同的书本选择为基础的。因此,基于学生们自身的选择,整个班级里不同的小组阅读的文本也是不同的。在文学圈中,每个成员都需要一定的时间与机会和小组里其他成员相互切磋、交流、分享、合作。

(三)人本主义学习理论

人本主义心理学兴起于 20 世纪 50 年代。人本主义的学习论者认为学习就是学习者获得知识技能、发展智力、探究情感、学会与教师及集体成员交往、阐明价值观和态度、实现潜能,以达到最佳发展境界的过程。他们运用人本主义心理学的原理指导教育教学,形成了一种提倡自由教育、以学生为中心、以发展学生的自我潜能和价值为目标的人本主义教育思想。人本主义学习者以潜能的实现来说明学习的机制,他们强调学习中人的因素,他们认为必须尊重学习者,把学习者视为学习活动的主体;必须重视学习者的意愿、情感、需要和价值观;相信正常的学习者都能自己指导自己,自我实现潜能,并最终达到"自我实现"。人本主义心理学的代表罗杰斯提出"非指导性教学",他倡导"以学生为中心的教学",即教师与学生的关系应当是平等的,教学应当以学生为中心,教师应成为学生学习的推动者或促进者,而不是指导者,其主要任务是为学生的兴趣、能力、热情等学习潜能获得自由而提供帮助。人本主义学习理论要求在"文学圈"中师生之间要建立良好的交往关系,形成情感融洽、气氛适宜的学习情景。

（四）多元智力理论

霍华德·加德纳在他的《智能的结构：多元智能理论》一书中，认为"在多元智力框架中存在相对独立的七种智力：言语—语言智力；音乐—节奏智力；逻辑—数理智力；视觉—空间智力；身体—动觉智力；自知—自省智力；交往—交流智力"。这种理论被广泛运用于美国的教育教学改革中，而且在许多西方国家，这种理论也成为教育教学改革的重要指导思想。根据这个理论，教师在课堂教学中鼓励学生运用多种感官解决问题，努力发现完成任务所需要的具有创造性的合作方法，并且已经取得良好的教学效果。

文学圈里的同伴演讲、阅读或相互商讨以获取信息、辩论、讲述文本情节、创造性写作、转述话语等活动，发展了学生的语言智能；设计文本程序、角色扮演、用图表说明问题、展开联想与想象、根据主题设计海报、制作招贴画、制作公告板、制作宣传册等活动，发展了学生的空间智能；总结段落大意、说明因果关系、向同伴解释抽象概念、列提纲概括具体事件、进行归纳和推理、利用文本中的数据解决问题等，有利于学生数学逻辑智能的提高；根据文本创作戏剧、使用肢体语言、戏剧表演、进行相关游戏等，发展了学生的身体运动智能；整合音乐和学习、用音乐解释说明问题、把音乐与概念相联系等促进了学生音乐智能的发展；参加小组讨论、给同伴提供反馈、参加小组比赛活动、问卷调查、访谈、校对同伴文章并写评价、同伴评价等，提升了学生的人际关系智能；就文本主题写个人思考、说明个人阅读的情绪体验、记录小组讨论和阅读日志、完成某个主题的自我评价、展示个人互动日程、将个人见解与他人比较、陈述个人思想等，又凸显与培养了学生的内省智能。

（五）建构主义理论

建构主义是行为主义发展到认知主义以后的进一步发展。与行为主义和认知主义相比，建构主义更加关注学习者如何以原有的经验、心理结构和信念为基础来构建自己独特的精神世界。在这样的认识论基础上，通过长期的理论探索和教学实践,建构主义逐步形成了独具特色的学习理论体系。建构主义学习理论认为:"学习不是被动地接受和吸收外部信息的过程,而是学习者借助已有的知识和经验,通过与环境的相互作用主动建构意义的过程。建构的过程也是对外部信息进行加工、反馈以及调整的过程。"之所以把建构主义学习理论作为文学圈教学法的理论基础,是因为该理论强调学习过程是学习者原有认知结构与从环境中接受的感觉信息相互作用、主动建构信息意义的生成过程,其中,"情景""协作""交流"和"意义建构"是它的四大要素。

文学圈教学法正好将这四要素加以整合,前三者强调文学圈学习的条件和过程,而"意义建构"则是整个文学圈学习过程的最终目标。建构在于学习者通过新旧知识经验反复、双向的相互作用,来形成和调整自己的经验结构。在文学圈的教学中,学生是知识意义的主动建构者;教师是教学过程的组织者、指导者,是意义建构的帮助者、促进者;教材所提供的不再是教师传授的知识,而是学生主动建构意义的对象。此外,建构主义学习理论提出的学习过程,即"创设问题情景—学生自主学习—小组讨论—结果评价"这一模式,这也为文学圈组织学习与教学提供了借鉴与参考。

第二节　文学圈教学法的基本程序与实践尝试

我国现行的学校教育仍以教材为主,而由于受教育理念的限制,这些教材侧重知识技能的训练,脱离了学生的日常生活实际,显得枯燥乏味,不能有效引起学生的阅读兴趣。与此同时,我国传统英美文学阅读教学模式的显著特点是对每篇必读课文的讲解都面面俱到。从对课文内容词句的理解,到破题、划分段落并归纳大意、理解内容、概括中心思想及写作特点,再到介绍作者、时代背景及有关材料,几乎无所不包。这样程式化的教学很难突出主体的学习,忽视了对学生语感的培养,弱化了对学生情操的陶冶,费时费力,且难见成效。而文学圈教学提倡以学生的兴趣为出发点,引导学生将阅读的触角延伸到真实的生活环境之中,针对学生感兴趣的书籍来设计读书活动。这无疑为如何解决引发学生的阅读兴趣的问题提供了参考。

一、文学圈教学法的基本程序

（一）选择阅读材料

文学圈理论的首创者哈维·丹尼尔斯最重视的观念即"真实选择"。他相信学生被赋予选书权时，他们同时需肩负起"自我规划"及"对自身阅读学习负责"这两大责任。在传统的学校教育中学生的选择权被忽视冷落，学生阅读的书籍大都是课本以及一些硬性施加的教学辅助读物，然而良好阅读习惯的养成，应该建立在学生自发、自主、感兴趣的阅读之上。

心理学家布鲁纳认为学习是一个主动的过程，激发学生学习内因的最好方式是激起学生对所学材料的兴趣，即来自学习活动本身的内在动机，这是直接推动学生主动学习的心理动机。学生对自己选择的阅读材料感兴趣是至关重要的一个因素，因为"兴趣是最好的老师"。

文学圈中学生选择阅读材料的范围很广，一般来说，小说、诗歌、短故事、戏剧、历史文摘、传记以及其他流行或经典作品等都在学生的挑选之列。为了确保学生所选的书籍是值得阅读的作品，教师可以组织举办一个小型书展，请学生自行携带自己曾读过、他人推荐或一直想读却没有机会读的书籍来，利用课堂时间跟同学交换及分享。教师也可在这个时候把自己喜欢或非常赞赏的书籍介绍给学生。教师在学生选择阅读文本的过程中要给予他们正确的引导，帮助他们选择那些能建立科学的知识结构，并且能培养良好的心理品质的好作品来阅读。师生经过交流讨论后可以确定一个"推荐书单"，这些书单上的文本所涉及的事件或话题要能与学生生活相关并且能引发学生的兴趣与思考。

（二）组成阅读小组

文学圈不是按照学生的阅读与理解能力进行分组的，而是以学生自主选择的阅读文本作为根据，因此小组成员是一群对同一本书或作品有着共同兴趣的"志同道合"的人。小组人数以 4～8 人为最佳，这样的安排有利于小组中的成员都有足够的机会各抒己见,虽然他们的知识背景、能力技巧、个性特征等可能不尽相同,但这样的多样性使小组本身蕴涵着潜在的学习资源。

文学圈主要功能之一是建立班级成员之间的交流与合作,以便师生之间、生生之间能够真正互动起来,相互学习借鉴。对于学生来说,他们关于文学圈的知识是很有限的,教师需要制定准则以促进文学圈里学生的活动,所以,教师可以在此与学生相互讨论"如何处理文本中的生词""怎样对圈中成员的意见与观点做出回应与反馈""选择什么样的话题进行讨论""讨论中怎样与同伴和谐相处避免纷争"等话题,以便为即将到来的小组讨论分享做好准备。

值得一提的是,在文学圈阅读小团体里,每个小组成员阅读的书籍是相同的,选择同样的书本阅读,给予了小组合作更多的契合点与共鸣点,也就更有利于小组成员间的交流与沟通。在这样的小团体中学生的阅读能力是参差不齐的,阅读有困难的学生可以在小组合作中获得很好的学习机会,在相互讨论的时候获得最大的启发;而对于阅读能力稍强的学生来说,可以增强他们对小组中其他成员的责任感,使其学会理解与尊重小组中每位成员的观点与意见。

心理语言学家维果茨基的"最近发展区"观念就有力地说明了文学圈小团体中学生互相合作的重要性,他指出:"教学引起、唤醒、启发了一系列内部发展过程。这些过程,对于学生来说,目前只是在与周围人们的关系中,在与他的伙伴的相互合作的环境中才是可能的。"

(三)准备研讨角色

在自读准备阶段,小组中每位成员都要认真、独立地阅读选定的材料,然后结合自身的特点选择自己能够胜任或者希望尝试的角色。自主选择角色给学生提供了一个发现、发掘自身潜力的机会,赋予了学生特定的责任感与使命感。

文学圈通过让学生分工合作扮演不同角色来参与讨论,这样不仅使各成员各司其职,有明确的承担责任的意识,也可帮助学生用多元的方法及角度去分析文学作品。在自主选择角色的过程中,学生学会了怎样协调小组内的各种关系。由于每个人所承担的角色不同,能使小组成员意识到要对自己所学东西负责,使其懂得聆听不同观点。文学圈成了学生分享、切磋、学习、体验、孕育并呈现思想的欢乐谷。学生通过文学圈里的合作学习使自己成为一个细致的倾听者与诚实的合作者,教室就成了一个民主化与多样化的学习空间。

通过角色的定位,引导学生们寻找到知识的闪光点,体验到发现问题的兴奋和交流的快乐,使富有个性的阅读过程充满情趣、充满魅力,使这种课外阅读的场所成为感悟、理解、消化、鉴赏与求知的乐园,使学生与书本进行心灵的交流和撞击,从中享受审美愉悦,为课堂教学提供源头活水。

在讨论之初,文学圈里的每位成员都要做好自己的角色定位,在认真细致地阅读完选定的材料后,学生可以选择承担自己感兴趣的角色。

(四)扮演讨论角色

1.讨论中的分享

讨论要站在平等、互相尊重、民主的立场上,针对主题发表观点,为自己的阅读做清晰的归纳与整理,并通过良性互动,专注聆听他人的意见,开启多元的思考与脑力激荡,培养智慧的行动,使阅读与学习发挥效能。文学圈的讨论与分享是相伴而生的,讨论中的分享具体有以下三种情形。

第一,分享热情。对一本书展开讨论,经常是因为希望别人也能分享自己对书的喜爱而开始的。对于一个班级的学生而言,分享热情是通过谈话中的你一言、我一语而逐步形成的,而就在彼此之间的交谈中,学生参与讨论的热情自然而然地被点燃,良好的交流氛围也形成了。

第二,分享困惑。学生在阅读文本时出现困惑是在所难免的,比如在组织学生自读某部小说时,就有学生问关于小说细节的一些问题,他们在阅读中学会了质疑,并积极主动地寻找答案。在文学圈的讨论中通过对困惑之处的交流、切磋、解释,学生就会建立起对文本的认识。

第三,分享关联性。作为读者,学生在阅读一部作品时,不可避免地会运用生活中的点滴经验来理解作品的意义或者借以对甲作品的经验来理解乙作品。在讨论的过程中,学生自然而然地描述两部作品的异同,将书中的人物进行比较,通过对这些作品进行评价,来使自己对文本的认识更上一层楼。

在讨论与分享的过程中,文学圈的成员分享观点,集思广益来解决那些棘手的问题。而这个过程本身也能碰撞出新的火花,深化学生对文本的认识,值得一提的是,学生对文本最初的认识在未经文学圈讨论洗礼之前,通常大都只是"知其然,不知其所以然",在文学圈里"融化、磨合"之后,才能升华为正确、全面的认识,从而更好地为下一次的文本阅读做良好的铺垫。可见,文学圈所创造出的合作阅读的氛围对学生阅读能力的提高起到了催化作用。

当文学圈中所有成员完成独立阅读与角色准备时,他们就该集中起来进行讨论了。讨论是一个开放的学习过程,学生在主动、多元、自由的学习环境中,各抒己见。在讨论中,小组成员可以把自己的"书面记录"或"角色日志"作为指导自己参与小组讨论的依据。在文学圈的讨论中,重视以自然、开放的方式让学生讨论书中的内容,重视学生的自身价值与意见。讨论会强调以学习者为中心,以学生为主体,但也少不了教师的指导。

2.讨论实施

在文学圈讨论活动开始前,教师就要明确文学圈小组讨论的规则。"不以规矩,不能成方圆",如果没有一定的规则,文学圈里的讨论就有可能变成一场争吵或出现两人或两人以上同时发言的混乱局面。规则可由教师与学生共同讨论制订,这些基本规则包括:第一,小组成员按一定的秩序轮流发言,每人每次发言最长不超过五分钟;第二,发言人声音要洪亮,表述清晰,围绕主题来讲,切忌漫无边际;第三,别人发言时要静听,尊重小组成员的不同意见;第四,可以就小组成员的发言给予补充,也可发表个人观点;第五,发言权除固定发言外,一般由指导者进行指定,若有异议时,要先征得讨论指导者同意,再发言。

在文学圈的讨论中需做到四要:一要充分准备,写出发言稿及讨论提纲;二要确保表达畅通;三要加强讨论的启发与引导;四要及时对课堂讨论进行总结。从这四点要求中不难看出,仅仅把学生分到小组,并让他们进行讨论,这本身并不能保证学生们一定就能很好地进行讨论,学生必须具有与讨论相关的知识准备和读者讨论技能。在讨论技能方面,根据班杜拉的"榜样示范"理论,教师在讨论前可以通过播放录像或模拟团体讨论来呈现"专家"发言时的行为,并对学生进行相应的模拟训练。当然,在小组讨论期间,教师自己应做好讨论技能的引导和示范工作,但是讨论技能的形成,关键还是学生自身的领悟。因此教师要引导学生学会自我监控和反思,不断提高讨论技能。

教师除了应在学生讨论前精心做好讨论准备工作外,在学生的讨论过程中,教师也应该起到引导者、促进者和参与者的作用。正如著名教育家维茨拉克说:"课堂讨论是经历漫漫长途,是不断进步的集体思维过程,这种思维不是联想式的思维行为的集结,而是永不止息的动态过程,因此不断地指导集体思维的过程,是使教学过程不至于崩溃的重要前提。"

总之,在讨论中教师要善于引导学生们提出各种问题,改变讨论的进度和角度,使小组成员注意力保持高度集中并积极参与。正如帕玛尔所说的那样,"我们如何提出问题会对讨论产生很大的影响,讨论会因此变得毫无进展,也可能因此变成充斥着整个房间的深入、相互的对话"。

二、教学尝试

(一)教学过程

第一,将学生按照阅读水平、性别、性格三个维度分成6个小组,每组6人,做到组间同质,组内异质。

第二,每个小组都做好角色分工,确定好"讨论指导者""文艺指路人""摘要神童""追踪记者"等讨论角色。

第三,关于各个角色所要填写的表格也都分发到位。

第四,在教师教学导入后,教学采用以文学圈小组各角色讨论交流为主的形式。

第五,小组讨论成果展示。

(二)教后反思

第一,学生通过对文学圈活动的参与,切身感受到文学圈活动的一般过程和注意事项,消除了对文学圈活动的神秘与不适感,真切领略到与小组同伴的讨论、交流、分享对自己各方面能力提高的作用。

第二,文学圈活动交流讨论的学习形式让学生充分体会到与人交流、共同合作的乐趣。而在这里学生交流的不仅仅是知识,还包括学习方法方面的交流、思维过程方面的交流、情感态度以及价值观方面的交流等,这样的交流大大增强了学生协作互助的合作意识。

第三,在活动中既要求小组成员之间积极的相互依赖,又要求个人与集体相互负责。组中成员既要有分工,又要有合作;既有完成自己任务的责任,又有帮助其他成员的义务,体现了人人参与、共同进步的理念。

第四,活动弥补了一个教师难以面向有差异的众多学习者的教学的不足,从而真正实现使每个学生都得到发展的目标。从课堂来看,大部分的学生在小组学习、解决问题的过程中有合理、明确的分工。学生能按照一定的规则开展讨论,学会表达自己的观点,与他人进行交流,学会倾听别人的想法,从而激发出新的灵感。活动中的倾听、分享、交流、互助与反思,扩展了学生与学生之间的沟通。

第五,文学圈学习中对学困生也有一定的关注,教师要鼓励学困生认真思考,大胆发言,勇于说出自己的意见,让出机会给他们积极表现,尝试成功喜悦。虽然学困生在活动中扮演的是一些辅助的角色,如"词语奇才""摘要神童""追踪记者"等,但"不求人人成功,但求人人进步"正是文学圈活动所提倡的。文学圈学习活动让学生"想学、爱学""乐在其中",从而很好地避免了教学中的"两极分化"现象。

但也有不足之处,首先活动前尽管做了精心的分组分工,意在为每一个学生提供一个参与的空间,但是,真正意义上的文学圈交流合作有时体现得并不充分。某些完成任务的小组依靠的是个别能力非常强的学生,一些能力一般的学生乘机逃避责任,存在过分依赖伙伴的现象。其次,学生们习惯了作为个体进行学习,对于"如何真正地融入文学圈学习之中""如何在文学圈中体现自己的价值""如何倾听""如何请教""如何帮助别人"等还不太熟悉。这说明学生的合作交流意识、合作讨论技巧都需要在文学圈小组互动中逐步培养。最后,需要指出的是,理论与现实是有差距的,尤其是在理论与现实碰撞的初级阶段,会产生大量意想不到的问题。这些就要求一线的教师结合自己日常实际的文学圈活动案例,不断地实践与反思,摸索规律,用文学圈的理念,指导活动实践,并能用活动实践经验来逐渐丰富文学圈理论,在这样的循环往复中,不断寻找理论与实践的交会点。

第三节　文学圈教学法的优势与局限

阅读能力是由认读能力、理解能力、评价能力和活用能力构成的。目前我国英美文学教育过度重视认读能力,教学中耗费大量时间在指导学生认读上,对文章的理解多停留在字面意义上。而文学圈中的阅读摆脱了传统的词义优先的阅读倾向,关注意义优先的阅读。阅读本身是一种交流,它是读者与作者通过文字和图画进行的交流。在文学圈中可以提供机会让学生之间自由地交流,让学生一起看书、聊书,则是对阅读交流的延伸,在互动中增加学生对书籍的兴趣、加深和拓宽学生对书本的理解是这种延伸的良好效果。这样的阅读对于那些受困于字词理解以及缺乏创造性阅读能力的学生更是大有裨益,这一点为我国培养学生的阅读能力提供了可以借鉴的方法。

一、文学圈教学法的优势

(一)学习内容具体明确

在文学圈中,学习内容是具体明确的,学生们有权"自行选择想阅读的书籍"以及"自行编写讨论题目",学生们在被赋予选书权时,他们同时肩负着"自我规划"及"对自身阅读学习负责"两大责任。小组成员在未开始进入个别阅读的阶段之前,就已共同安排好聚会前的阅读量,每位成员也非常明白下次文学圈小组成员再碰面时,自己该读多少页书,该扮演何种研讨角色。

"自行编写讨论题目"则更能明确学习内容。学生对讨论题目的思索与编写,是建立在对所读文本内容深刻感知与熟悉基础之上的。丹尼尔斯曾指出"学生自行选书"与"自行安排讨论议题"是文学圈活动的两大要素,小组成员按照预定的进度参与阅读讨论会,并且确定下一次讨论的时间、内容,整个过程是具体明确、井然有序的。

(二)合作方式巧妙灵活

1.活动前协作

活动前协作是指学生根据文学圈讨论的需要,在活动前分工协作要完成的学习任务。协作一般是把总任务分解为几个子任务,由小组里的成员分别承担一个子任务,通过汇总每个成员的子任务来完成整个小组的学习任务,同一小组的成员可以在不同的时间内完成各自的任务。文学圈小组活动中,小组成员扮演不同角色,每位成员都要承担一定的阅读量,而小组活动得以顺利运转是建立在文学圈成员分工协作的基础之上的。

2.活动中讨论

讨论是文学圈活动的核心,指小组成员根据活动的需要,在课内通过小组讨论共同完成学习任务。在讨论的过程中,小组内的成员既有分工,又有合作,既可以针对问题自由发表自己的见解,也可以仔细倾听其他同学的发言,有时还可以进行辩论。小组讨论的过程中,不仅需要说出自己的想法,也必须对他人的看法加以响应。不同的观点互相碰撞,不仅修正了原本的想法,也强化了思考的缜密度。文学圈里的讨论给读者提供缜密思考的机会,通过这些讨论,学生作为文本读者,会逐渐成为批判性的思考者。

3.活动后反思

活动后反思表现在文学圈小组成员对整个小组学习活动的回顾总结上,它包括三个方面:一是指学生围绕活动内没有解决的问题或可以延伸的问题在课后小组成员之间,再做进一步的探讨、交流;二是指小组内成员的互帮互助,基础差的同学主动请教基础好的同学,基础好的同学热情地帮助基础差的同学,以达到同一小组的成员共同进步提高的目的;三是指学生为了解决某一问题而进行资料收集或调查研究,以弥补小组阅读讨论活动中欠缺的地方。

(三)师生关系民主和谐

文学圈中师生关系是民主互助型的,师生关系如下:

第一,文学圈中的教师是一个分享者、协助者、支持者及示范者。

第二,文学圈中的学生是一个主动的意义建构者、读者、作者、负责的学习者及分享者。

第三,文学圈中的教师和学生相互间是理解、真诚和信赖的。

总而言之,文学圈中的师生关系已经与传统课堂有了很大的不同。在传统的教学中,教师决定学生所学的内容,也控制着学生学习的方式和练习的时间。但在文学圈中学生是积极的,他们做出选择和决定;教师也是积极的,他们通常会从旁边观察学生、启发学生,很多时候还会与学生共同参与、协商、选择和安排学习内容。教师不再依赖备好的教案;他们必须不断研究、学习,从而使自己能够满足学生对知识的渴求。文学圈中,学生是课堂的主人,在教师的辅助和支持下高效率地阅读;教师则要把握住学生思考的方向,支撑起学生思想的纬度,给予学生情感的动力和自由思想的氛围。

(四)读写听说综合运用

文学圈是阅读教学的一种方法,但它的意义远远超出了阅读的层面。文学圈通过阅读、讨论、角色日志、书评、角色扮演等多种形式,实现了对读、写、听、说能力训练的自然整合。

1.阅读能力的训练

学生认真阅读要讨论的材料,并广泛浏览相关资料,对文本的重点与难点部分做深入浅出的研读,对优美段落做朗读和诵读的训练。文学圈里的阅读,可以把阅读的过程以长时间、较缓和的方式呈现出来,它鼓励以团体式、渐进式的方式进行,学生可以自行控制进度,一周接着一周地阅读,在有规范的小团体中,慢慢地经历与感受阅读过程的变化。

这样的阅读训练影响了阅读评鉴的方式。为强化阅读"过程"与"结果"同等重要的理念,文学圈采用阅读成绩双轨评鉴方式,即由教师与学生共同评鉴。教师所记录的不是学生单一的考试成绩,而是如"每回在讨论会中的参与程度""每周累积写在阅读日志的阅读心得""小组创意演示、分享作品时各个学生的表现"等。

总体来说,不论是阅读小组的安排或双轨成绩的设计,都是一种新的教育方式,目的是让学生知道,阅读能力的养成不可能一蹴而就,必须按部就班、循序渐进,学生必须对自己的学习负责。

2.写作能力的训练

在文学圈阅读教学的实践中有几个环节涉及写作的训练:自选阅读材料阶段以简短书评的方式推荐图书;讨论前自读日志的填写;讨论提纲的拟定;讨论中对于相关问题的记录;讨论后的评价、创意演示等。

这里以"写作书评推荐图书"的方式试举一例:书评是文学圈活动的一项内容,学生们用写作书评的方式把自己喜爱的图书推荐给班级,这样不仅提高了学生对文学作品的鉴赏、判断以及概括能力,也有效地激发了他们广泛的阅读兴趣。

此外,每当结束对一份英美文学作品的阅读时,在可能的情况下,文学圈成员自行设计的创意演示也训练了学生的读写能力。哈维丹尼尔斯建议了几种创意演示的方式:小组成员共同撰稿,通过演出布偶剧、短剧、歌曲演唱、诗歌朗诵、海报设计竞赛等来呈现作品。这些演示的排定,一方面将静态的阅读过程以立体化、动态的活动方式呈现;另一方面,因演示时间的排定,同学们能清楚知道一本书或一篇文章的阅读何时该结束,从而使文学圈的推行在时间及进度上的掌握十分容易。总之,文学圈阅读教学是将阅读与写作紧密联结起来的教学活动。

3.听说能力训练

由于小组成员之间的活动是互助交流,大家一起分享、切磋自己的观点,听说训练自然也涵盖在内。每个成员在角色扮演中阐述自己观点的同时,也要回答别人的提问并虚心听取其他成员的意见与建议,还要认真倾听其他成员的讲述,并适时提出自己的想法,对所听到的一系列内容做出反馈。

(五)反思评价针对性强

文学圈中的反思评价具有很强的针对性,它关注小组讨论探究的过程,注意把形成性评价和总结性评价相结合;关注学生间、小组间的差异,注意把差异性评价和整体性评价相结合;关注学生在交流讨论中的行为表现和情感,注意把行为评价和情感评价相结合;关注学生的自我总结,注意把自我评价和小组评价相结合。

文学圈评价注意针对每一个小组成员的参与态度、合作表现、完成任务情况、做出的贡献等方面进行评判。在文学圈的评价量表中,主要涉及这几个方面的内容:参与情况、思考、倾听、表达、交流、任务完成情况、与他人合作情况。

参与情况:主要评价学生参与的态度(是主动参与还是被动参与,是积极参与还是消极参与)。

思考:主要评价学生思维的状态(是否积极主动的思维、创造性的思维)。

倾听:主要评价学生倾听时的表现(是否认真听取别人的发言,是否尊重别人的发言,是否能接纳他人的看法与意见)。

表达:主要评价学生语言表达情况(语言表述是否准确、流畅、有条理)。

交流:主要评价学生的交往和辨析能力(是否会有礼貌地质疑、辩驳,是否能和别人达成共识)。

任务完成情况:主要评价学生学习目标的达成度(是否完成了各自承担的任务,完成任务的情况如何)。

与他人合作情况:主要评价合作的意识和合作的情况(是否愿意与他人合作,是否积极、有效地与他人合作)。

二、文学圈教学法的局限

(一)角色要求较高

文学圈阅读活动中的"角色定位",能使学生明确教学目标,产生学习兴趣。"角色扮演"使学生表现出强烈的学习愿望,探究是人的天性,学生有了探究问题的心理准备,就有独立思考与相互间思维的强烈碰撞,最终迸发出智慧的火花。文学圈中的角色分工,能使小组成员的注意力、兴趣、克服困难的意志品质在小组活动中处于最佳状态,学生在阅读讨论中也必将投入极大的热情。

对于文学圈活动里的每一个参与者,其承担的角色要求是相当高的,因为在每次活动中都要求各小组成员针对所阅读的内容扮演一种不同的研讨角色,这些角色提供给该小组内其他成员更多元的赏析角度,以讨论作品的内涵。为了能胜任角色要求,这些角色可以先由教师带领全班同学练习,例如这一次小组讨论,大家全部当"讨论指导者",下一次大家一起练习当"文艺指路人",再下一次大家都当"绘图天王"等。如此练习,经历过一轮轮的尝试体验之后,学生们熟悉了角色扮演的职责,再依小组要求进行不同的角色扮演。

(二)所需时间较长

文学圈要培养终身阅读的爱书人,这一终极目标的达成,需要倾注长期的努力与训练,绝非一日之功。所以文学圈中的成员在未开始进入个别阅读的阶段之前,就应共同排定好每回聚会前的阅读量,每位成员也应该明白下次小组成员碰面时,自己需要读多少页,该扮演何种研讨角色。进度由团体共同拟定而产生,并清楚地为每个学生制定相当分量的任务,确保阅读进度有效率,有次序地推进。还要定期开展阅读讲座讨论会,可以使各个小组成员感受到,阅读需要长期持续地进行,并投入大量的时间才可看出效果。

正如丹尼尔斯建议的那样,老师们若想看到文学圈的成效,就要至少推行一学期,最好推行一学年以上。在每次课堂中进行作品研讨会,给予每一组 30 至 50 分钟的时间,让讨论会达到分享的效果,也让各个研讨角色尽情发挥,完成最自然、最真诚的与书本的对话。

文学圈提倡以学生为基础的学习,让学生自行控制自己的学习以提高能力,然而给予学生完全的自由会有副作用。教育有长期目标和短期目标之分,由于学习者经验的局限性,他们可能会瞄准短期目标而难以提出长远目标。如果教师未能适时加以引导,学习者的阅读能力的提高就会受到影响,因此,它需要师生长期不懈的共同努力与坚持。

（三）各讨论组进度不一致

由于文学圈中各讨论小组成员的能力存在着差异，因此，各讨论组的进度也是难以统一的，这样就会导致在规定的时间里，有的小组提早完成任务后而无所事事；另一些小组却拖拉在后难以收场。针对这样的情况，就需要教师在通过自己对各个小组的细致观察后从中给予适当的协助，对于那些进度快的小组，教师可建议他们再将讨论进行得深入透彻些；而对于那些进展慢的小组，教师要帮助他们寻找"慢"的原因，抓住"症结"以提高讨论的效率与速度。

（四）教师负担加重

文学圈强调个人化的阅读，提倡把选材及监督学习进步的责任下放给学生。然而，要把这些理念转变成实践，教师面临着许多问题。第一，个人化的课程对教师的记忆力与备课要求很高，多数教师很难做到收放自如。第二，教师要留意每个学生的情况，测评每个学生的进步，以及为满足每个学生的需要而改变其指导方法与内容也是困难的。第三，由于文学圈活动前要进行大量的准备工作，从阅读材料的选择到阅读小组的组建，从研讨角色的准备到角色日志的填写，这些环节都离不开教师的悉心指导。学生由对文学圈初步认识到灵活掌握运用，也需要大量的时间，这期间教师要花费大量的精力方可见成效。

（五）选材较为困难

学生所选读物的难度是应符合其独立阅读水平，还是应符合需要教师指导的水平？如果符合其独立阅读水平，他就失去了教师的帮助这一优越条件；如果符合需要指导的水平，那么每个小组学生阅读的书不同，教师不可能对每个小组的学生都提供及时的帮助。

实践表明，由教师代为选择书籍有利有弊，其优点在于：第一，因多数书籍由同一人挑选，有效地避免了书籍的重复；第二，教师既了解学生的阅读水平，又熟悉书籍的内容、深度，尤其在名著的挑选上，教师能兼顾学生的阅读能力，而不盲目追求读物知名度；第三，由教师挑选有助于平衡班级读物的难易程度,最大程度上确保每个学生都能读到有一定挑战性的读物。唯有阅读具有一定挑战性又不至于过难的读物,才能帮助读者在阅读中提高语言能力。过难的文章会打击学生的阅读信心,扼杀其阅读兴趣;过易的文章则助长学生的自满情绪,抑制其学习动力。其缺点在于:教师选择的书籍题材,一定程度上显示出个人偏好,不够接近个别学生的阅读愿望,与学生的生活脱节,导致少数同学无法找到符合自己需要的读物。

第四节　文学圈教学法的启示与实施

当下,阅读的首要任务不再是品评鉴赏,而是从中获取所需信息。因此,迅速准确地把握读物的有效信息,从整体上掌握一篇文章的内容,已成为阅读文本的主要需求。以强调对文本的整体把握为主的文学圈教学法,正是体现了这种时代的需求。文学圈教学法有助于学生陶冶情操、开发智力、启迪思维;能够让他们掌握阅读方法、提高阅读能力;帮助学生们认识世界、热爱生活、增长知识才干;同时能够提升学生阅读兴趣、交流阅读体验、形成阅读策略、培养阅读习惯,进而整体、全面地提升阅读水平。在文学圈的阅读活动中,珍视学生对阅读材料的整体感知与独特的感受、切身体验和真实理解,大力培养学生的求异思维、发散思维能力和习惯,让学生的个性在阅读的实践活动中得到张扬。文学圈中学生阅读行为的培养,最终会形成让他们受益终身的良好阅读习惯,而良好阅读习惯的养成,还能由内而外地转化成独特的个人气质。

一、文学圈教学法对我国阅读教学的启示

文学圈教学法在阅读材料选择、课程活动安排、教师角色以及阅读评价等方面具有的显著特色,给我国英美文学课程的教学提供了不少启示。

(一)注重阅读材料选择的开放性

由于长期以来受僵化的教材制度及应试教育的影响,我国英美文学课程的教师不敢脱离教材去自主选择更多的学习材料;教师在课堂中主

导性太强,教学设计过于严密;教学缺乏创意,除了读、写、说等传统方法外,不敢创新。在这样的教学中,学生们很难找到应有的语言学习乐趣。在文学圈中学生可以自由选择阅读材料,他们的阅读兴趣与爱好受到重视与关注。同时因为材料容量增大,新鲜感强,更能激发学生的阅读兴趣,也能使教师改变以往的教学观念。

英美文学教学要想从狭小的学科教材教学的空间中解放出来,就必须关注学生的阅读兴趣与动机,要让学生能够围绕自己感兴趣的问题,寻求解决办法,从而自由发表自己的见解,以体现英美文学学习的意义。

(二)重视阅读思维的训练

现在人们越来越普遍地认识到阅读过程的智力活动性质以及阅读中认知方式的重要意义。有关专家和学校阅读课教师也日益关注阅读中思维活动方式和规律的研究,以期主动、自觉地在阅读教学中训练学生的思维活动,培养学生的思维能力。文学圈里的阅读活动,能够对不同智力水平、思维方式的学生实现"互补"。在文学圈合作式的、民主互动的和谐氛围中,学生的思维始终处于一种积极、活跃、主动的状态,交流形式由单项信息交流向综合信息交流转变,使课堂教学成为学生主题活动的展开与整合的过程。

当前的英美文学教学要带领学生走过从语言文字到思想内容,再从思想内容回到语言文字这样一个来回。从语言文字到思想内容,就是要求学生通过对语言文字的解读,了解文章所写的大致内容;从思想内容再回到语言文字,是把握作者的思路,看看作者是怎么选材、怎么组织语言、怎么表达,从读中学写。当前的英美文学教学往往是有来无回,或者重来轻回,这样其实只走了阅读教学的一半路程,这样的阅读教学也往往使学生的阅读浅尝辄止。教师鼓励学生在文学圈中创造性阅读的同时,也应让学生去体悟、去思索作者的认识与思想感情。教师应教育学生在阅读时,要努力去理解作者的思想感情,从而去发现文章的美,在充分理解的基础上,再去谈批判性思维、个性化阅读。

(三)强调口头与笔头能力的一致性

在文学圈中非常注重提供听说读写的机会,让听说读写同时进行,这样就更有利于学生语言能力的发展。我国目前的英美文学教学是以学科形式出现的,而且在很长时间中被理解成工具性学科,在这样的课程观指导下,英美文学教学的目标往往局限于让学生掌握单词、短语、文章,纠结于词汇运用的一些形式、技巧问题,严重忽视了语言本身的意义。

要想改变这种状况,英美文学教学就必须从教科书教学转移到主题教学,由单纯的语言训练转变为意义学习,即围绕某一主题,让学生在具体的问题情景中,听说读写同步进行,提高语言的运用能力与阅读理解能力。

(四)侧重教师角色的中介性

在文学圈阅读教学中非常注重强调学习者在具体的阅读情景中的主动性,他们要能够融入学习过程,与同学相互交流沟通,能够分享信息、提出问题和解决问题。而教师与学生同属一个学习群体,师生经常一起协商、规划、修订学习目标。教师在整个学习活动中扮演学生学习的协助者、示范者的角色,是学生学习的中介元素。而当下我们的英美文学教学,往往根据事先安排好的程序进行教学,教学活动呈现为一种单向传输过程,学生只能被动地听,根据教师的意图来思考问题,达成与标准答案的一致,从而完成一个个的教学目标。这样的教学无法真正调动学习者参与的积极性,对阅读材料缺乏个性化的思考与理解。要想阅读教学成为学习者自主的活动,就必须来重新认识英美文学课堂中的教师。教师要改变作为教学活动的控制者的"主导者"的角色,真正成为学生学习的组织者、对话者,扮演"协助者"的角色,通过了解学生的需求与差异进行因材施教,通过与学生之间的交流沟通,和学生一起分享阅读学习的乐趣,促使学生有目的、有意义地进行学习。

(五)关注评价的非形式化

在文学圈阅读教学中,教师通过对学生在阅读活动中的观察、交谈等方式,深入了解学生阅读活动的进展情况,及时向学生提出反馈,促使其改进学习。我国目前的英美文学课程的评价,基本上采用窄化的笔试方式,即考卷的形式。注重对学生所学内容的复现、记忆,学生的阅读过程和学习的自主性与主动性始终处于评价的视野之外。评价目的往往只在于检查教学的效果，只能告知学生在哪些方面还有所欠缺，而无法考查学生真正的语言能力。

要使评价真正达到预期的效果，就必须加强对学生阅读活动进程的观察，通过观察，了解掌握学生的语言行为，并进行相应的记录，及时反馈给学生，促进其反思，最终形成自我发展能力。评价中也要注重学生的自我评价，教师要引导学生学会分享、学会欣赏自己及他人的学习成果。此外，教师对学生的评价中还要注重鼓励的原则，教师要多发现学生在阅读活动中的闪光点，为其增添阅读的自信与勇气。

二、在新课程中的实施

（一）平稳过渡积累经验

文学圈教学法是一个渐进的过程，绝不能操之过急。文学圈里的合作交流绝不是对学生进行合作分组后，让他们围坐在一起就能产生所谓的"合作效应"，文学圈里的小组合作通常跟探究性学习或信息技术整合分不开。这对教师在教学法方面的训练，教室内的软件和硬件的配备，都有很高的要求。

此外，教师从呈现者向决策者、设计者、主持者的转变也不是一日之功。文学圈阅读牵一发而动全身，需要慎重对待，逐渐摸索。

（二）认真对待本土改造

与西方国家相比，我国实施文学圈学习面临的困难有：学习任务较重、教室空间场地小、班级人数偏多、学生及教师普遍缺乏交际能力训练等。文学圈提倡实行小班制，限制全班人数在 20 人以下，这样教师就可以在各文学圈小组建立的初期阶段给予大量的关注和指导。而我国的现实情况是，大部分班级人数都超过 40 人，在教室桌椅的摆放和教师分配给学生的时间方面都会出现问题。

以上不利因素可能会使教师在文学圈教学中做的尝试得不到满意的效果。因此建议从一般策略上，而不是从具体操作方式上实现本土化改造。

(三)整合资源创造条件

在尝试中,许多教师反映,文学圈阅读教学不仅空间上施展不开,时间上也往往不够用。文学圈教学的探究要求教师有较强的课程资源整合能力教学策略选择能力、课堂情景创设能力。

目前我国还有许多客观条件阻碍文学圈阅读的实施,如班级人数多、评价方式未改变等。这些也会给教师造成压力,此外,运用文学圈教学法对教师的要求较高。

所以应认真研究与文学圈阅读策略具有互补性的其他阅读教学策略,使之与文学圈阅读互配,以产生更大的效能,服务于教师的教学需要。把多种教学方法与策略结合起来使用,这也是现代教学方法发展的重要特征。正如美国教学模式研究专家乔伊斯和韦尔一再强调的那样:要提倡多种教学模式的结合,以应对千变万化的教学实践。

第五章　文学素养概述

第一节　文学的含义

　　文学这一个词语最初的含义，指的是文章和博学。依据现存的文献资料，"文学"这一个词语最早出现在孔子的《论语》中，被划归到孔门四科里。到后来的《魏书·郑义传》这样说道："而羲第六，文学为优。"在这里，文学指的是有一定文采的语言作品，这也是今天意义上的文学；与此同时，文学指的也是人的博学，这就是今天意义上的学时和学术，比方说哲学、历史和语言等等。在这里可以看到，文学这一个词汇在中国出现，初始就凸显了"文采"含义。与此同时，文学起初应用的时候就具备了学时的含义，依据这一个观点，但凡是富有文采的作品和显示自身渊博学识的作品，都可以被称为文学。

　　自从魏晋时代开始，文学就逐渐开始将"博学"这一层含义剔除出去，专注的是用富有文采的语言将自身的情感表达出来。因此也就形成了一种比较狭窄的含义：文学指的是有文采的缘情性作品。在魏晋时代，具体一点来说就是在公元 5 世纪，南朝宋文帝构建"四学"，其中包含的是"儒学""玄学""史学"以及"文学"，这是一个较为重要的标志性事件，"文学"自此从广义文学大家庭当中分离了出去，并将非文学形态甩开而独立得到发展，将自身的特殊性确定了下来。这种特殊性大致上和今天的"语言性艺术"含义是一样的，虽然说当时没有使用到"艺术"这样的字眼。这也就是说，文学实际上被当成是具备语言性的艺术性质。以此为基础可以了解到文学的另外一个含义是单一含义：文学指的是那些将表达情感作为主要内容并且具备一定文采的语言作品。

我国古代,文学这一个词语的含义并不是固定的,而一般都和学时,甚至是全部语言性作品之间有着较为复杂的关系,其最初展现出来的"博学"含义并没有随着"缘情"特征而凸显出来抑或消失,在社会文化语境和特殊需求提出的情况之下也会复活,甚至在某些情况下会占据主导地位。

自从两汉时期开始,文学领域当中"有文采的语言作品"和"博学"双重含义就开始被分解开来,人们逐渐将"文"和"学"、"文章"和"文学"区别开来,将今天意义上的文学当成是"文学"或者"文章",将学术著作当成是"学"或者"文学"。与之相对应,在魏晋六朝时代当中,人们也提出了"文"和"笔"之间的差别。等到了唐宋时代之后,"文"和"学"之间的界限变得不是十分明显,"文以载道"或者"文以明道"的思想之间开始传播。广义层面上的文学观也因此具现化,韩愈倡导的文学传播的是"道"抑或"古道"。他反对过去那种一味重视"言辞"(大致上相当于今天的"文采")这种时风流弊,强调文学会传达的实际上是儒家的"古道"。"读书以为学,缵言以为文,非以夸多而斗靡也。盖学所以为道,文所以为理耳。"假如说"学"(学术)的目的是将儒家之道表达出来的话,那么与之相同,"文"(文学)的目的就是为了能够传达"理"——儒家之道的具体化形态。"文"和"学"就是在"道"这个基准点之上融为一体的。柳宗元更是直接强调"文以明道":"始吾幼且少,为文章,以辞为工。及长,乃知文者以明道,是固不苟为炳炳烺烺,务采色、夸声音而以为能也。凡吾所陈,皆自谓近道,而不知道之果近乎?远乎?吾子好道而可吾文,或者其于道不远矣。"他反思自己年轻的时候片面的将文辞以及文采放置在较为重要的地位之上,随着年龄的增长,逐渐认识到了"文以明道"才是文学写作当中最为重要的一件事情。他坚持认为如果沉溺于"文采"就会阻碍通向"尧舜之道"。这样,从唐代起,文学中"言辞"及"文采"受到抑制而"明道"成为最高目标,这就为消除文学与非文学之间的分野铺平了"道"。正由于"道"的主宰作用,"文"与"学"在"道"的基点上重新消除了差异,"文章"与"博学"两义再度统一,从而"文学"又在新的语境中重新复活了先秦时代的原初含义。从此时起到清代,这种学术意义上的文学概念一直被沿用。清末民初学者章炳麟的观点，可以说代表了这种广义的文学观的一种极致。他坚持认为："文学者，以有文字著于竹帛，故谓之文；论其法式，谓之文学。"在他看来，"文学"这一个词汇应当具备这些含义：但凡是以文字形式呈现在竹帛之上，就叫做"文"；而讨论"文"的规则和法律，就叫做"文学"。在这里不但较为明确地将文章和学术含义呈现在人们的眼前，并且也将其无限放大到了凡"著于竹帛"的所有文字形态。这也就意味着，人类创造出来的所有文字记载的语言性符号都可以叫做文学，以此为基础让文学成为包含文章和学术在内的所有文字作品的统称。文学既可以指富有表情的语言性作品，也就是今天的文学，也可以指传递消息的日常言谈、记载事物的史书、说理论事的学术著作等等。这种涵盖全部的广义层面上的文学含义，和现代西方语言学以及符号学当中的"语言性符号"这一个词汇含义大致相同。这样，文学这一个词汇指的是人创造出来的全部语言性符号行为及其作品的代名词。因此文学在广义层面泛指的是人类创造出来的所有语言性符号，其中包含今天的文学和非文学。

自从晚清之后，西方学术分类机制进入我国，在我国范围之内逐渐形成了现代文学术语，即文学是一门语言性艺术。这一个现代含义的来源是现代西方狭义文学观念和中国古代狭义文学观念在现代社会交汇之后得到的产物。也可以这么说，西方文学观念为文学提供了现代学术分类机制，但是中国古代狭义文学观念为其提供了传统依据。在西方美的艺术这种观念传入中国之后，中国魏晋之后具备文采的缘情性文学观念就逐渐被激活了，在此基础之上衍生出来一种崭新的现代性文学观念。这个会会点是在两个层面上：第一，西方的"美的艺术"中的形式美内涵和中国"文采"之间的适应性比较强；第二，西方"美的艺术"中表情性内含和中国"缘情"性内含之间是相通的。也就是说，来源于西方的形式美和表现美观念和中国固有的文采及缘情性传统观念之间实现了现代跨文化的汇通。所以，假如说仅仅看到西方的影响，但是却将中国古代自身的狭义文学观念忽视的话，那么想要对现代文学的含义以及由来形成明确地了解，其实是一件较为困难的事情。以此为基础得到的文学的现代含义是：文学是一种语言性艺术,是在对富有文采的语言加以一定的应用的基础上去表情达意的艺术形式。

第二节　文学素养的含义

文学素养是一种内在层面上的修养,是人类在长期积累的过程中得到的,在文字表达形式、写作技巧以及艺术创作等领域当中的学习和涵养。文学素养是人文素养当中的一分子,实际上,人们日常生产生活当中提及的"人文素养",大致上可以划分为文、史、哲三个基本方向。文,就是文学素养;史,就是史学涵养;哲,就是一个人在哲学领域当中的见识和修养。在此基础之上,文学素养是人文素养领域当中不可或缺的构成成分,是一个人文学领域的底蕴和修养。

也可以说,文学素养实际上是一种可以对个人内在心境和外在行为造成影响的感受认知能力。比方说曹雪芹通过描述贾、史、薛、王四大家族的兴衰和宝黛之恋,向读者阐述了封建制度的腐朽,以及封建社会当中各个阶层的人民对自由爱情的追寻;罗贯中《水浒传》通过阐述各个枭雄之间的"恶斗",让读者可以逐渐对当时社会的黑暗惨烈形成较为深入的认识;雨果在《巴黎圣母院》当中通过描述善良美丽少女爱斯梅拉达,残忍虚伪的圣母院副主教克洛德·弗罗洛以及外表丑陋、内心崇高的敲钟人卡西莫多三个主要人物的悲剧,将封建王权和教会势力对善良且无辜人员的残害呈现在人们的眼前。艾米丽·勃朗特著述的《呼啸山庄》通过将弃儿希斯克利夫对庄园小姐凯瑟琳真实的"爱慕"和"扭曲了的报复"进行描述,将人性的反复无常充分呈现在人们的眼前。但是,这些并不是所有人在读书之后就可以看见,而是需要使用一定的理解能力、感悟能力和洞察能力,也就是需要在深刻的感受之后才可以拥有看见这些东西的能力,这也是在培养文学素养的过程中需要使用到的较为重要的一项内容。

我国学者,比方说朱光潜、何其芳对文学的含义也有着独到的理解。站在他们的视角上,有关于文学素养的论述,是需要将读者已经认识到什么是文学或者什么是文学作品充当前提条件的。以此为基础,二者重视"读者对文学的态度"以及"阅读鉴赏能力"这两个领域当中的内容。具体一些来说,他们认为"文学素养"当中包含四个方面的内容:第一,可以明白什么才是作品;第二,了解对文学的态度;第三,在阅读数量众多作品的基础上形成一定的鉴赏能力;第四,在经常阅读作品的情况下对人的人性、人情以及人道形成一定的了解和一定的感悟。

综上所述,可以得出的结论是,文学素养其实就是人们在长期阅读和学习文学作品这种文学实践活动的过程当中,培养并发展起来的文学领域当中的一种学识性修养和综合能力,它将具备一定的文学能力作为前提条件,与此同时也包含对作品、文学史以及文学理论等领域中的知识沉淀,最终形成对人的人性、人情和人道得到的直观感受。简单一点来说,文学素养主要包含四个层面上的基本内容:文字能力、文学感觉、文学情趣以及文学熏陶。

"文字能力",具体一些来说,就是对文字文义可以做到准确掌握和应用,它要求相关的人员应当具备一定的语言表达能力以及对其他人话语准确的理解能力。假如说想要得到比较准确的意思表达以及词语理解能力的话,那么一定需要对最为基本的语法知识和文字表达能力形成一定的认识。一般情况下,基础语法知识都蕴含在文字处理能力当中。我国古代,文人墨客们创作文章的过程中重视的是"炼"这一个字,经常会为了选择一个字而苦思冥想,这样才得以诞生"语不惊人死不休"的说法。

应当这么说,掌握最为基本的语法知识,是提升文字表达能力的重要前提条件和基础之一。文学语言本身具备一定的多义性和暗喻性,同一种语言符号当中有可能包含各种类型的意境。在文学作品领域当中,一个单词或者一部作品的意义不单单指的是它们的形式,还指的是它们的含义或者意味。巴金的《灯》当中"灯"这一个词语的意义,不单单指的是我们通常情况下理解的"灯"这个物品,也有"光明、温暖以及希望"等多种内在层面上的含义,这一个字在作品当中有着极为浓郁的象征性意味。所以想要对作品形成较为深入的认识,并使自身的文学素养得到一定的提升,并不只对文字文义形成较为准确的认识,也应当将个人的"文学想象力"充分发挥出来。在这里所说的"文学想象力",可以将其划分为读者的想象力和作者的想象力。读者的想象力,就是读者阅读作品的过程中对作品本身蕴含的语言拓展性的理解能力,读者通过作者的语言表达,在对作品的各个细节和作品本身展现出来的独特世界形成一定理解的能力。而作者的文学想象力,是作者对作品当中蕴含着的一个个细节的展现能力以及表达能力。在这里需要注意到的问题是,文学创作者的想象力应当被放置在一个较为重要的地位之上,不只是比较谁更能编织和更能创造,谁可以在创造的过程中构建出来一个光怪陆离的世界等等,在此突出的是作品应用个性化的语言,以及将作品的每一个细节展现出来的文字驾驭能力。实际上,不管是读者的文学想象力还是作者的文学想象力,都是在对语言加以一定的应用的基础上,将文学细节展现在人们的眼前,并完成一系列复杂创作的过程。针对这个问题来说,培养文学想象力是提升文字表达能力的过程中使用到的一种有效性比较强的措施。

其次是文学感觉,文学感觉其实也就是审美素养,是将文学和哲学、历史和宗教等学科区分开来的一种重要因素。文学本身具备一定的审美意义,隶属于"美"的活动包含的范围之内,感受美、创造美,其本身具备的最为重要的社会功能就是让人们的审美需求得到满足,甚至在某些情况下会被称为社会的审美意识形态,在这里所说的"文学的审美意识形态"这样一种属性,指的是文学的审美表现过程和意识形态彼此渗透的一个过程。在一个层面上,审美当中浸透了意识形态;另外一个层面上,意识形态可以通过审美表达出来。这种相互浸染和相互渗透的过程就是"文学感觉",就是何其芳所说的"对文学意识的敏感",是朱光潜所说的"诗的境界是用直觉见出来的",也是龙应台所说的"让看不见的东西被看见"。因此。文学感觉也就是对文学语言形式的关注,也是一种对文学意境形象和意味的直观层面上的把握能力,是对文学作品当中蕴含的生命的意味或者艺术性这种审美表现出来的直观把握或者洞察能力和感悟能力。

文学的美当中包含形象美、社会美以及朦胧美。它是人与世界的情感的沟通和交流,是具备完整性的、美的内在意蕴和在外形态上的融会贯通。在文学作品当中,语言符号不可以被当成是过路的过程中使用到的大桥,而应该被当成是文学的本体。文学感觉的标志和内容,是对文学意识表现形式的一种直观感知,是对作品内涵的一种准确把握,在作品真善美三个层次当中,它的作用对象实际上是"美",而不是真和善。作为一种审美领域当中的意识形态,文学最为基本的功能就是审美作用。这种审美功能的具现化表现是文学作品的艺术感染力。文学作品通过对对象进行艺术描写,构建出完美的艺术形象,以便于将作者较为丰富的感情和深邃的思想呈现出来,在此基础之上,来为读者构建出完美的审美感受。我国古代时期就有很多作家对这个问题形成了较为深入的认识。比方说在《与元九书》当中,白居易就曾经提及过"感人心者,莫先乎情、莫始于言,莫切乎声,莫深乎义",体现出诗的作用在于首先将人心感动。冯梦龙在《古今小说序》当中提出了小说的作用其实是"捷且深",这就是小说的艺术感染力引发的审美活动的结果,也是荀子在《乐论》当中所说的"夫声乐之入人也深,其化人也速"。近代大儒梁启超在谈论小说为什么可以产生各种类型的作用,指出小说具备熏、浸、刺、提四种力量,其实介绍的就是小说的艺术感染力。西方学者马克思曾经提及过,"艺术对象创造出懂得艺术并且能够欣赏美的大众",也说到过,"假如说你想要得到艺术的享受,那么本身一定需要是一个具备艺术修养的人",这些较为明确地指出文学艺术可以培养人们的审美能力,并给予一定的艺术享受。文学的审美功能,是其他意识形态不具备的。

再次是"文学情趣"。情趣这一个词语的含义为"兴趣志趣、情调趣味",也就是人们日常生活当中经常提及的"趣味",会"让人愉快、让人感觉到比较有意思,有吸引力的特征"。"文学情趣"指的其实就是对文学作品的爱好,这是一种极为强烈的阅读兴趣和阅读渴望,会在阅读的过程中表现出高度的专注力和痴迷性,甚至在某些情况之下呈现出一种手不释卷的态势。彼得·威德森曾经说过一段非常有意思的话语:

"文学提供愉悦,人们仅仅是喜欢读它而已,从中可以举出来无数的理由：失眠、好奇心以及打发时间等等，指导发生的事情、欣赏文辞本身的优美，逐步进入到未曾预见到的经验领域中去，猜测书中遇到的任务和自身的相似之处。或者根本没有任何可以举出来的理由：单单是喜欢而已。有理由认为，文学工作者会承认在所有科学、理论以及文学研究实践之后，一个偶然的'喜欢'是非理性前提条件之一。"

对文学的喜好，仅仅是一种喜欢而已，并不会在乎什么利益。但这种十分强烈的爱好肯定不会是凭空出现在人们的眼前，是读者可以在阅读的过程当中感到较为强烈的审美愉悦感。众所周知，在较为优秀的文学作品当中，读者在阅读的过程中会在心理层面上产生一种愉悦的感受，也可以得到"那种无感但是却又令人感觉到震撼……你在这里并不是被打动了，而是经历了一种镇静、威慑以及快感"。文学情趣不仅是文学素养领域当中包含的较为重要的一项内容，也是文学素养不断得到发展的原动力。只有一个热爱文学的人，才会使用到数量众多的时间、精力和专注力来完成文学作品创作，并在这个过程中感受到一定的乐趣，在潜移默化当中，不断让自身的文学素养水平提升。从另外一个层面上对问题进行分析，"文学情趣"其实也是一种对文学艺术价值水平高低的判断力、鉴别力，经常会表现为一个人对某种文学体裁以及风格的爱好。

最终，文学素养是可以表现为人之为人的人性、人情、人道的感受和感悟，文学意识的创造其实是文学艺术家的精神活动，作者本身可以在自由的心境当中，较为充分地将艺术想象力发挥出来，并构建出虚构的艺术世界，将自身对人生和世界的理解和憧憬表达出来，逐步寻找可以寄托心灵的精神家园。优秀的文学作品，一般可以让真正懂得文学艺术的读者在阅读的过程中产生一定精神层面上的共鸣，并让读者思考，潜移默化地将真善美等思想传输给读者。小说《钢铁是怎样炼成的》中的主人公保尔·柯察金不畏艰苦、勇往直前等大无畏精神，激励着一代又一代的有志青年去将自身的理想实现。老舍先生创作出来的"骆驼祥子"，通过阐述一个洋车夫的艰苦历程，描绘出来了旧社会是怎样将一个自食其力的好青年由表及里地摧毁的过程。文章痛斥压迫人民的无德之人，并将黑暗的旧社会对淳朴善良的劳动者造成的剥削和压迫呈现在人们的眼前,声泪俱下地控诉了旧社会是怎样将一个人变成鬼的过程,从而激发我国社会各个领域中的相关人士对劳动人民的深切关怀,将麻木的国人推翻旧社会的意识激发出来。在提升文学素养的基础上,可以使我国社会各个领域中的相关人士逐渐对人道、人性等领域中的问题形成更为深入的认识,让我国人民对各种类型事件的认识水平得到一定的提升。

第三节 文学素养培养的含义

近些年以来,围绕着培养高素质复合型国际化外语专业人才的目标,教学领域中的研究人员在大纲修订、课程设置以及教材编写等领域当中开展了较为深入的研究。但是会对人才培养水平造成影响的因素,除去这些因素之外,最不可以忽视的是教师的专业素养,教师素质的提升才是关键性问题。英语专业教师是学科建设工作进行的过程中使用到的主力军,教师在实际工作的过程中扮演的角色不单单是语言知识及技能的传播者,也是外国文化和文化的传播人员,其本身的知识具体构成结构以及文学素养是教学改革深化程度提升的过程中采取的重要措施之一。英语专业中的教师应当可以满足我国时代发展进程向前推进的过程中提出的客观要求,逐步对工具性和人文性相结合的教学模式形成深入的认识,致力于将自身的文学素养水平提升,逐渐将语言的文学性和审美性放到教学领域中去,从而让学生个性化和多样化的知识需求的满足,更好地为素质教育来提供一定的服务。

一、提升英语专业教师文学素养的重要性分析

文学是语言领域当中的一项艺术,一个民族的文学代表着的是这个民族语言的精髓;语言反过来就是文学的媒介,语言的实用性和审美性在文学作品当中巧妙的相互融合在一起。语言和文学就是一对孪生姐妹,相互影响,相互促进,假如说将文学剥离出来再去学习语言的话,就好像

是无本之木、无源之水一样,孔子提及的"言之无文,行而不远"指的其实就是这个道理。伍铁平先生曾经说过:"在传统的伙伴当中,和语言之间的关系最为密切的就是文学,文学是语言的艺术,文学作品需要使用语言创作出来,通过语言对文学作品进行检定和评论的过程中也会涉及它的语言,因此对一个民族的文学进行研究的过程中,一定需要对这个民族的语言形成较为深入的认识。相对的,一种语言最为精彩和丰富的作用也在文学作品当中有所体现。文学是语言使用当中的典范,在语言学习的过程中提供了最好的榜样,也可以在语言研究工作进行的过程中提供信息支持。"所以,在培养语言能力的英语教材当中,文学性应当是各种类型的教学材料具备的普遍属性之一,不管是针对其中的文学性语言,还是语言当中普遍蕴含着的文学性来说,文学在英语教学领域当中都是一个没有办法规避的问题。作为一个英语专业中的教师,应当在针对词汇、语法和句子等内容进行讲述的时候,有意识地指导学生对教学材料当中蕴含的文学性形成一定的了解,也应当在作品较为真实的语境当中构建各种类型和主题有一定相互关系的教学情境和语言交际活动,使学生逐渐对作者表达出来的主题思想以及写作意图形成较为深入的认识。教师要站在整体的层面上对作者的叙事手法进行分析,指出每一篇文章当中遣词用句以及修辞模式的特征,引导学生逐渐在不知不觉的情况之下提升自身的词汇量水平,并逐渐对英语领域当中常用的表达方式形成一定的了解,以便于让学生的语感能力得到一定的提升,逐步培养学生对英美文化的认识意识,在正规的语境之下正确的将自身的想法表达出来,以便于让学生的语言水平以及跨文化交际能力得到一定的提升。

除去可以在语言学习的过程中起到一定的促进性作用之外,文学也可以在人文素质教育目标实现的过程中发挥出一定的促进性作用。高尔基认为"文学是人学",是通过描写出来一个人,来对人进行影响,并对人进行教育。教师应当让文学的育人功能得到充分的应用,逐步引导学生融合自身生活体验和人生感悟的基础上来对文本形成更为深入的认识,可以在学生的心理和文章当中人物形象之间构建出来一座情感桥梁,一起去和主人公体会喜怒哀乐,应该用文学的养分来让学生的文化素养、人生阅历以及精神内涵变得更加充实。文学作品可以将读者的情感反应激发出来,可以让读者对作品的伦理和道德主题形成感性和理性的认识,从而对学生的道德发展造成一定的影响。除此之外,文学与生俱来的美学价值和愉悦功能可以在枯燥的学习过程当中带来一定的生机和乐趣,将学生自主学习的热情激发出来,在此基础之上就可以发挥出"润物细无声"的作用。

文学在学生语言学习以及素质培养的过程中可以发挥一定的促进性作用,文学的这种作用得到了教育界较为广泛的认可,在英语教学当中体现出来的文学性也对教师的文学素养提出了一些更高的要求。文学素养指的是一个人在文学创作、交流以及传播等行为领域当中的实际水平,它的培养和提升也是文学知识的积累和审美情趣的提升过程,具备一定的渗透性、感染性和多元性。在英语课堂当中,精准简练的语言艺术是教师文学素养的外在表现,也是取得良好教学效果的前提条件之一。学生对于一门课程的学习兴趣是将教师的语言引导作为出发点,一个可以旁征博引并使用语言意识感染学生的教师可以将学生的求知欲望培养出来;一个词不达意的教师想要在课堂上得到学生的尊敬和信任则是一件较为困难的事情,从而会对学生的学习积极性造成一定的影响。教师本身的文学素养水平除了会在课堂教学效果上有所体现之外,也和学科整体人才培养质量之间有一定相互关系。就和方智范先生所说的一样:"我认为学生使用语言文字这种工具,最好的学习过程也就是人文精神熏陶过程。……针对人的各种类型的素质来说,和情感态度价值观以及真善美之间的相互关系是怎样的呢?是文学素养。在人文素养领域当中占据核心地位。21世纪,需要使用到崭新的人才观。需要站在人的全面发展、终身发展的角度上考虑相关的问题,文学素养是一个全面发展的现代人必备的素质之一。"以往的一段时间当中,英语课堂教学相关工作一般情况下是将词汇语法和句式结构作为中心开展的,施行数量众多机械化的教学措施,来培养学生的英语交际能力,从整体的层面进行分析,呈现出来一种重视讲授、轻视引导，重视技能、轻视人文的态势。在一堂课学习完之后，学生仅仅停留在"只看见树木，难以看到森林"这个层面上，因此难以对课文内容形成较为深入的认识，也难以对作品的主题和人物形象以及艺术技巧等知识形成较为深入的了解。在这种教学模式的影响之下，会让学生在使用"工具语言"英语的过程中显得得心应手，但是在涉及文学、政治以及历史等内容的时候，就会陷入无话可说的局面。张祥云先生曾说："人文精神本质上实际上是一种智慧，智慧也就是创造……作为教育者只有拥有人文智慧才可以去启迪教育对象，只有智慧才可以在启迪智慧的过程中发挥出来一定的作用。"假如说教师本身的心灵世界就显得十分荒芜，那么想要让学生的心灵成为绿洲也不是一件现实的事情。因此现阶段我国范围之内各个高校实际运行的过程中想要培养出具备专业素质和人文精神的复合型英语人才的话，首先应当构建出来一支知识具体构成结构合理并具备较高文学素养的教师队伍。

二、提升高校英语教师文学素养的措施

应树立终身学习观念。依据现阶段我国实际教育情况，某些教师在走上了工作岗位之后，就丧失了鉴赏文学作品、关心文学发展的热情以及探寻未知领域的动力，单单依据毕业之前累积下来的文学知识和理论去教授学生，缺乏应有的学科意识以及职业使命感。另外一些教师在课堂教学的过程中会针对自己喜爱的作家和作品详尽的阐述，但是对于自身不熟悉的文学作品内容却呈现出一种蜻蜓点水和一笔带过的态势。这种教师喜好决定的教学模式会对学生日后的全面发展造成不良影响。

高校英语教师不仅扮演教育者的角色，也应当是学习者。教师的专业发展应用由初期的教师培训到师资教育再到师资发展，在这几个阶段当中，教师综合素质占据的地位变得越发重要起来，因此高校英语教师在实际工作的过程中应当培养出来的是终身学习理念。外语教师的专业发展当中包含两个方面的内容，第一是教师个人在专业教学生涯当中经历的心理成长过程包含专业信息和态度价值观的增强；学科知识在广博和

专业上应当有所更新;教学技能水平应当得到一定的提升,为了将教学不确定性消弭掉,教学策略意识水平应当得到一定的提升,人际交往力度以及和同事之间的关系应当逐渐完善起来;第二是在职教师受到外在的教育或者培训,针对语言教师来说,应当具备一定的发展意识,以及积极的开放自身的态度,假如说想要让个人的文学素养水平得到一定的提升的话,那么应当构建终身学习的理念,要在自主发展意识的引导之下主动将自身的知识具体构成结构逐渐完善起来,教师在实际工作的过程中不单单应当具备驾驭英语汉语两种语言的能力,也应当具备良好的文学素养和文化知识,这不单单是学科发展进程向前推进的过程中提出的要求,更是得到自我认同感和价值感的过程中应当使用到的源泉。

应将文学作品的熏陶放置在较为重要的地位,文学作品是人类社会发展的过程中积累下来的宝贵财富,其中蕴含着较为丰富的人文思想,也渗透着对生命价值、生活意义以及爱憎善恶的深刻思考,是人类灵魂世界当中的教科书,作为一名教师,在实际学习生活的过程中,应当养成勤奋阅读文学作品的习惯,在书卷知识的影响下让自身的文学素养水平得到一定的提升。"问渠那得清如许,为有源头活水来",假如说难以得到文学的滋养的话,那么思想就会枯竭,见识在这种情况下也会变得越发浅薄起来,在课堂教学相关工作进行的过程中想要使用幽默风趣的语言,自然也就会显得较为困难。阅读实际上是一个厚积薄发的过程,在经历过数量众多书籍的洗礼之后,才可以构建出极为丰富的精神世界,逐步拥有宽广的胸怀和较为开阔的视野,就如古人所说的"腹有诗书气自华",这种教师本身具备的较为特殊的个人魅力和才情会产生强大的感召力,并将学生的阅读兴趣有效地激发出来。苏霍姆林斯基在《给教师的建议》这一本书当中指出:"应当将每一个学生引入到书籍的世界当中去,并培养出来读书兴趣,让书籍逐渐演变为智力生活领域当中指路的明灯,这和教师之间的相互关系较为密切,也取决于书籍在教师本人的精神世界当中占据怎样的地位。"只有热爱读书的教师,才会对读书过程中的精神感受形成更为深入的了解,才可以向学生分享更为实用和感召力更强的文学知识,为学生推荐更多的文学精神食粮,逐步引导他们从文学快餐误区当中走出来,在阅读经典作品的过程中,可以让学生对人性美、语言美和艺术美形成更为深入的认识,从而发挥出一定的陶冶情操和净化灵魂的作用,在领悟到美的基础上去探寻美并创造美。除此之外,阅读实践的积累,可以较为有效地让教师的审美情趣和文学欣赏水平得到提升,并逐渐将文学研究和评论的意识培养出来,以便于他们对教学材料形成更为深入的了解,也可以使教师对教学材料做出独到的解读,也可以让以往我国高校英语教学领域当中存在的同质化问题得到有效的解决。将书籍作为媒介,教师应用批判的眼光和智慧引导学生进入文学世界,主动去和作者对话、去质疑作者,甚至在某些情况之下也可以对作者做出否定,在这个过程当中,不同层次的学生都可以得到一定的提升,也可以让学生的思辨能力变得更强。

正所谓"冰冻三尺,非一日之寒",只有阅读数量众多的书籍,教师才可以站到更高的位置之上,用自身较为雄厚的文学基底来为学生指点迷津,让学生对文学世界当中的风光形成更为深入的了解。

让高校英语专业教师文学素养得到有效提升,不单单是高校英语教师应当考虑的问题,也是我国社会、教育部门以及校方应当注意到的问题。学校和社会需要秉承对教师负责,对教育负责的态度,在教师个人发展领域当中提供一定的支持。

针对学校来说,在实际运营的过程中应当将整体性规划工作妥善完成,在可以对各项教学活动顺利开展做出保证的前提条件之下,最大限度降低教师承受的工作压力,在提升教师文学素养的过程中创造一个宽松的环境。我国范围之内各个高校当中应当呈现出来的是高品位的追求,适当和城市的喧嚣之间保持一定的距离,将自身带有的功利和浮躁气息洗脱掉,逐步回归到素质培养的本质中去。所以,学校应当将校园文化建设放在较为重要的地位,创办文学社团或者文学沙龙,倡导教师和学生开展一系列的文学讨论和交流活动,逐步构建校园文学气息。当应用相应的制度规范教师职业行为的过程中,应当注意到管理领域当中的人文性和互动性,逐步在教育教学领域当中创造一种健康和谐的人文氛围。除此之外,学校本身和外界的联系和合作力度应当得到一定的提升,实行"引进来"和"走出去"策略。一方面应当在校内开设文学讲座,定期邀请知名人士来学院讲解,以便于教师对教学领域大师的文学修养和风范形成一定的了解,并对文学欣赏和研究心得进行分享,也可以对学术领域当中的各种前沿性信息形成一定的了解;此外应当组织教师参与大规模学术会议或者进入更高层次的国内外院校学习深造,对他们知识具体构成结构优化调整的过程起到一定的促进性作用,逐步提升教师的理论和科研能力;假如说高校本身的经费和人力资源较为有限的话,可以施行学校资助和教师资费相互融合的模式,组织英语教师在暑假期间奔赴国外参加将文学作为主体的短期游学活动,充分让教师去感受异国的历史文化和语言习俗,使教师对英美国家作家的作品形成更为深入的了解,除此之外也可以让教师对英美语言形成更为深入的了解,并逐步让教师的跨文化交际水平大幅度提升。针对社会来说,各级教育主管部门应当出台相关的文件和法规,可以为教师的进修和职业培训提供政策和资金层面上的保障,与此同时也应当在我国范围之内各个知名院校当中构建教师培训基地,长期循环开展提升教师专业素质和文学素养的培训活动,逐渐让教师的培训和进修成为一种惯例性内容,使我国高校英语教师提出的能力发展需求得到满足。

素质教育的质量和教师的教育素质之间有较为密切的相互关系,只有构建出来满足时代要求和具备一定文学素养的教师队伍,才可以让英语教学领域当中的"工具性"和"人文性"有机融合在一起,以便于逐渐在高校当中培养出来复合型外语专业人才,英语作为一门人文学科应当将自身的优势充分展现出来。教师的文学素养是教学知识结构当中十分重要的一个构成成分,也在人文素质领域当中占据较为重要的地位,它的发展和构建都是一个长期的动态流程,教师在学习生活当中应当逐步构建出来终身学习观念,重视文学作品的熏陶作用,并应用学校和社会的帮助,来让教师文学素养水平有效提升。

第四节　文学和文化的关系

一、文学和文化的关系

广义的"文化",着眼于人类与一般动物、人类社会与自然界的本质区别,着眼于人类卓立于自然的独特的生存方式,其涵盖面非常广泛,所以又称作"大文化"。梁启超在《什么是文化》中称,"文化者,人类心能所开释出来之有价值的共业也",这"共业"包含众多领域,诸如认识的(语言、哲学、科学、教育)、规范的(道德、法律、信仰)、艺术的(文学、美术、音乐、舞蹈、戏剧)、器用的(生产工具、日用器皿以及制造它们的技术)、社会的(制度、组织、风俗习惯)等等。广义的"文化"从人之所以为人的意义上立论,认为正是文化的出现"将动物的人变为创造的人、组织的人、思想的人、说话的人以及计划的人",因而将人类社会—历史生活的全部内容统统摄入"文化"的定义域。一般来说,文化哲学、文化人类学等学科的研究工作者多持此类文化界说。

与广义"文化"相对的,是狭义的"文化"。狭义的"文化"排除人类社会—历史生活中关于物质创造活动及其结果的部分,专注于精神创造活动及其结果,所以又被称作"小文化"。

文学是语言文字的艺术(文学是由语言文字组构而成的,开辟无言之境),往往是文化的重要表现形式,以不同的形式(称作体裁)表现内心和再现一定时期,一定地域的社会生活。由于出版和教育的进步以及社会的全面发展,产生了严肃文学和通俗文学或大众文学之分。

文学以语言为手段塑造形象来反映社会生活、表达作者思想感情的一种艺术。其起源于人类的生产劳动,最早出现的是口头文学,一般是与音乐联结为可以演唱的抒情诗歌。最早形成书面文学的有中国的《诗经》、印度的《罗摩衍那》和古希腊的《伊利昂纪》等。欧洲传统文学理论分类法将文学分为诗、散文、戏剧三大类。中国先秦时期将以文字写成的作品都统称为文学,魏晋以后才逐渐将文学作品单独列出。现代通常将文学分为诗歌、小说、散文、戏剧四大类别。

（一）社会意识形态之一

中外古代都曾把一切用文字书写的书籍文献统称为文学。现代专指用语言文字塑造形象以反映社会生活、表达思想感情的艺术,故又称"语言艺术"。中国魏晋南北朝时期,曾将文学分为韵文和散文两大类,现代通常分为诗歌、散文、小说、戏剧、影视文学等体裁,在各种体裁中又有多种样式。

（二）孔门四科之一

《论语·先进》中说:"文学,子游、子夏。"邢炳疏:"若文章博学,则有子游、子夏二人也。"亦指教贵族子弟的学科。《宋书·雷次宗传》:"上留心艺术,使丹阳尹何尚之立玄学,太子率更令何承天立史学,司徒参军谢元立文学。"

（三）指辞章修养

元结《大唐中兴颂序》:"非老于文学,其谁宜为?"

（四）官名

汉代置于州郡及王国,或称"文学掾",或称"文学史",为后世教官所由来。汉武帝为选拔人才特设"贤良文学"科目,由各郡举荐人才上京考试,被举荐者便叫"贤良文学"。"贤良"是指品德端正、道德高尚的人;"文学"则指精通儒家经典的人。魏晋以后有"文学从事"之名,唐代于州县置"博士",德宗时改称"文学",太子及诸王以下亦置"文学",后于明清废。

（五）期刊

左联机关刊物之一《文学》。1932 年 4 月 25 日在上海创刊,为半月刊,刊有冯雪峰、瞿秋白关于大众文学的文章。文学刊物《文学》,于 1933 年 7 月在上海创刊。月刊,郑振铎、傅东华、王统照先后任主编,发表文学创作与文学理论,是30年代影响较大的文学刊物。1937年11月出至第九卷第四期停刊,共出五十二期。

笼统地说,文化是一种社会现象,是人们长期创造形成的产物。同时又是一种历史现象,是社会历史的积淀物。确切地说,文化是指一个国家或民族的历史、地理、风土人情、传统习俗、生活方式、文学艺术、行为规范、思维方式、价值观念等。

有学者根据文化的结构和范畴把文化分为广义和狭义两种概念。广义地说,文化指的是人类在社会历史发展过程中所创造的物质和精神财富的总和,它包括物质文化、制度文化和心理文化三个方面。物质文化是指人类创造的种种物质文明,包括交通工具、服饰、日常用品等,是一种可见的显性文化;制度文化和心理文化分别指生活制度、家庭制度、社会制度以及思维方式、宗教信仰、审美情趣,它们属于不可见的隐性文化。包括文学、哲学、政治等方面内容。狭义的文化是指人们普遍的社会习惯,如衣食住行、风俗习惯、生活方式、行为规范等。

还有的学者把文化分为信息文化、行为文化和成就文化。信息文化指一般受教育本族语者所掌握的关于社会、地理、历史等知识;行为文化指人的生活方式、实际行为、态度、价值等,它是成功交际最重要的因素;成就文化是指艺术和文学成就,它是传统的文化概念。

文化的内部结构包括这几个层次:物态文化、制度文化、行为文化、心态文化。

物态文化层是人类的物质生产活动方式和产品的总和,是可触知的具有物质实体的文化事物。

制度文化层是人类在社会实践中组建的各种社会行为规范。

行为文化层是人际交往中约定俗成的以礼俗、民俗、风俗等形态表现出来的行为模式。

心态文化是人类在社会意识活动中孕育出来的价值观念、审美情趣、思维方式等主观因素,相当于通常所说的精神文化、社会意识等概念。这是文化的核心。

有些人类学家将文化分为三个层次：高级文化包括哲学、文学、艺术、宗教等；大众文化指习俗、仪式以及包括衣食住行、人际关系各方面的生活方式；深层文化主要指价值观的美丑定义，时间取向、生活节奏、解决问题的方式以及与性别、阶层、职业、亲属关系相关的个人角色。高级文化和大众文化均植根于深层文化，而深层文化的某一概念又以一种习俗或生活方式反映在大众文化中，以一种艺术形式或文学主题反映在高级文化中。

二、什么是文化

广义的文化指人类在社会历史实践中所创造的物质财富和精神财富的总和。狭义的文化指社会的意识形态以及与之相适应的制度和组织机构。作为意识形态的文化，是一定社会的政治和经济的反映，又作用于一定社会的政治和经济。随着民族的产生和发展，文化具有民族性。每一种社会形态都有与其相适应的文化，每一种文化都随着社会物质生产的发展而发展。社会物质生产发展的连续性，决定文化的发展也具有连续性和历史继承性。

三、文化的概念

文化的定义很多，许多社会学家和人类学家都下过定义，自 1871 年至 1951 年，关于文化的定义有 164 条之多。人类学的鼻祖泰勒是现代第一个界定文化的学者，他认为文化是复杂的整体，它包括知识，信仰，艺术，道德，法律，风俗以及其他作为社会一分子所习得的任何才能与习惯，是人类为使自己适应其环境和改善其生活方式的努力的总成绩。但其他学者对其合理性提出了批评：他的定义中没有列出"语言"，而语言是文化中重要的部分。如果把语言包括进去，该定义就列出了文化的重要组成部分。整体一词并不排除矛盾，任何事物都是矛盾的总体。美国社会学家则从抽象的定义角度对文化做了如下的定义：一是一个群体或社会就共同具有的价值观和意义体系，它包括这些价值观和意义在物质形态上的具体化,人们通过观察和接受其他成员的教育而学到其所在社会的文化。此定义的前两句概括了泰勒的第一句,文化对于人类来说,就像是本能对于动物一样,都是行为的指南。还有学者更进一步指出:文化和本能的性质相通,二者都为某一种族成员所共有;大部分文化行为也像本能一样,是潜意识的,不必通过思考而才学到。将它的刺激就能引起特定的反应;因为个人在生长过程中,经常在不知不觉间将社会现存的生活方式及习惯保存入脑,形成文化密码,在此种情况下人就可以不经过大脑而发生种种行动,这一点上,与动物受到体能的支配一样,是后天学习而得。

四、文化的构成及社会化

(一)文化的构成

文化的要素主要有三个:符号,定义和价值观。这些是用于解释现实和确定好与坏,正确与错误的标准。

(二)文化的演化

文化促进了人类社会的发展。文化的发展使人类能根据它的有利条件来改变环境,或者改变自己的行为方式来适应改变了的环境条件。在产生文化以前,人类只能通过生物进化来适应环境的变化,而文化使人的适应过程加快了许多。比如当一种猎物灭绝后,猎手猎另一种动物的战术又会产生。

文化促进了人体生物进化。比如人脑越来越发达,人手越来越灵活。

文化本身成为人类环境中的一种力量,它无论是范围上,影响上都变得和环境一样重要,而且自己也处于动态进化过程中。在游牧—定居—小城镇—城市—国家—全球化经济这一发展历史中,文化贯穿其中。文化的存在依赖人们创造和运用符号的能力,符号是指能有意义地表达某种事物的任何东西。符号能传递和保存复杂的信息,借助符号人类可以创造文化和学习文化,帮助我们理解抽象概念。

五、文化的概念

文化一词起源于拉丁文的动词"Colere",意思是耕作土地,后引申为培养一个人的兴趣、精神和智能。文化概念是英国人类学家爱德华·泰勒在 1871 年提出的。他将文化定义为"包括知识、信仰、艺术、法律、道德、风俗以及作为一个社会成员所获得的能力与习惯的复杂整体"。此后,文化的定义层出不穷。

文化在汉语中实际是"人文教化"的简称。有"人"才有文化,意即文化是讨论人类社会的专属语,"文"是基础和工具,包括语言和/或文字;"教化"是这个词的真正重心所在。作为名词的"教化"是人群精神活动和物质活动的共同规范(同时这一规范在精神活动和物质活动的对象化成果中得到体现),作为动词的"教化"是共同规范产生、传承、传播及得到认同的过程和手段。

六、不同角度对文化的理解

从哲学角度解释文化,认为文化从本质上讲是哲学思想的表现形式,哲学的时代和地域性决定了文化的不同风格。一般来说,哲学思想的变革引起社会制度的变化,与之伴随的有对旧文化的镇压和新文化的兴起。

从存在主义的角度,文化是对一个人或一群人的存在方式的描述。人们存在于自然中,同时也存在于历史和时代中;时间是一个人或一群人存在于自然中的重要平台;社会、国家和民族(家族)是一个人或一群人存在于历史和时代中的另一个重要平台;文化是指人们在这种存在过程中的言说或表述方式、交往或行为方式、意识或认知方式。文化不仅用于描述一群人的外在行为,还特别包括作为个体的人的自我的心灵意识和感知方式,以及一个人在回到自己内心世界的时的一种自我的对话、观察的方式。文化的核心是其符号系统,如文字。各文字体系有相应的认知系统。

七、文化的特点

通过对不同文化的比较研究，才能了解文化的特点。

首先，文化是共有的，它是一系列共有的概念、价值观和行为准则，它是使个人行为能力为集体所接受的共同标准。文化与社会是密切相关的，没有社会就不会有文化，但是也存在没有文化的社会。在同一社会内部，文化也具有不一致性。例如在任何社会中，男性的文化和女性的文化就有不同。此外，不同的年龄、职业、阶级等之间也存在着亚文化的差异。

其次，文化是学习得来的，而不是通过遗传而天生具有的。生理的满足方式是由文化决定的，每种文化决定这些需求如何得到满足。从这一角度看，非人的灵长目动物也有各种文化行为的能力，但是这些文化行为只是单向的文化表现，如警戒的呼喊声等。这和人类社会中庞大复杂的文化象征体系相比较仅显得有些微不足道。

再次，文化的基础是象征。这些其中最重要的是语言和文字，但也包含其他表现方式如图像（如图腾旗帜）、肢体动作（如握手吐舌）、行为解读（送礼）等。几乎可以说整个文化体系是透过庞大无比的象征体系，深植在人类的思维之中，而人们也透过这套象征符号体系解读呈现在眼前的种种事物。因此如何解读各种象征在该文化的实质意义，便成为人类学和语言学等社会学科诠释人类心智的重要方式之一。

最后，文学是文化的丰富载体，也是传播文化的有力传媒。同时，文化在历史上从来是文学生长的精神土壤，制约着作家的精神状态。一个国家和民族的文化水平的高低，往往决定文学发展水平的高低，文化的繁荣也一定会促进文学的繁荣。而文学作为文化的重要部分和传播文化的有力载体，文学的繁荣也会有利于文化的繁荣，反之，文学的颓败则可能助长文化的颓败。可见，文学与文化彼此存在深层的相生互动的关系。

八、文学与各种文化彼此的双向互动

在文化的各种构成中，制约人们精神状态的政法、道德、宗教、哲学等文化,特别是构成文化核心部分的世界观、人生观、价值观,与文学关系尤为重要和密切。文学广泛反映文化的内容,同时,作家因自己赞同或反对某种文化,使文学作品反过来也能在不同程度上影响文化的发展。

我国古代统治者认为巩固统治秩序的四大支柱是"礼乐刑政"。"礼"指的是道德伦理;"乐"指的是文学艺术;"刑"与"政"指的就是政治法制方面的行为与文化。如果说国家是阶级统治的工具,那么一定社会的政治法制和伦理道德就是保障统治阶级利益的、最有权威性的行为与精神规范。它们与文学虽有区别,却往往是文学表现的重要内容,而文学也往往通过自己的传播,宣扬或反对一定的政法文化与道德文化。

政法文化和道德伦理自然都是人类社会发展过程中逐步形成的,并且渗透在人与人彼此关系的系列行为中。文学要描写人,自然不能不在一定程度上反映人的道德伦理规范和处于一定政法制度、思想中的生存状态。文学艺术的审美判断和审美创造,往往都体现着真、善、美的统一。善,包含政法与道德判断。文学作品能够通过艺术形象感染和熏陶读者,使读者于审美感受中不知不觉地受到思想的教育,包括受到政法和道德伦理的教育。文学艺术的一个伟大的历史作用,就在于使人们的精神世界得到丰富和升华,其中也包括使人们获得伦理道德方面的不断进步。历代优秀的杰出的作家通过自己的作品总在这方面做出不同程度的贡献。进步的作家总站在时代潮流的前头,宣扬符合社会经济基础变革趋势的进步的伦理道德,从而使自己的作品有益于世道人心,有益于社会历史的前进。今天我国作家更要通过自己作品所塑造的艺术形象,大力宣扬社会主义的道德伦理,宣扬爱国主义和集体主义,为建设社会主义精神文明做出积极的贡献。

文学与哲学都是人类精神的花朵,又似乎是对立的两极:一个是形象的,一个是抽象的。文学作品很容易为广大读者所接受,而哲学著作则往往只能在社会精英的有限范围内才得到阅读和理解;读文学作品,会得到审美的愉悦,读哲学著作则得到的主要是智慧的启迪。在人类的原始精神现象中,比如在神话传说、在巫术占卦的说辞中,也往往兼具有文学与哲学的要素。原始人类通过自己的思维,企图去说明世界,而当时他们的思维基本是映象思维,对世界的抽象思考往往包含在映象思维里。后来,掌握世界的哲学抽象的方式与掌握世界的艺术形象的方式才产生分离。文学通过形象的描绘去表现人自身和人与人、人与自然的关系;哲学通过抽象思考回答人与宇宙生存的基本问题的答案。但在文学中含有哲学的因素,却由来已久。

当然,不能要求所有的作家作品都表现政法观念或道德和哲学的思考。因为人们阅读文学作品主要是为了满足自己对于审美愉悦的渴求,而非为了寻求其他。有相当多文学作品即使没有反映政法、道德、哲学等内容,也得到许多读者的喜爱;而有些文学作品只不过图解上述内容的浅薄概念,反令人不忍卒读。尽管如此,一部厚重的作品如果完全缺乏上述文化的内涵,只停留在对生活现象的琐屑的表面的描绘,那么,它的价值就必然要逊色;而一部作品如果有对人生的深刻思考和哲理睿智,又有极其出色的文学描写,形象鲜明,文字优美,那么它就可能进入上乘之作的行列。人们说,伟大的作家往往也是伟大的思想家,这是历史的事实。因为真正伟大的作家,他总要思考人生,不仅关心人类的命运,也关心宇宙的命运,而且把笔墨深入文化的土壤。他不仅用自己的笔,生动地描绘各方面的人生,更力求通过对文化的批判性思考,对人类文化的发展提供丰富的正能量。

九、创造文学与文化互动双赢的生态之重要

文学与各种文化的互动,体现在三个方面:一是文学反映广泛的文化内涵,并因自己对文化的批判性思考,可能促进文化的发展与进步;二是作家因受到自己文化视野和文化信仰的制约,从而也可能使作品对文化的发展和进步产生消极的负面的作用;三是文化所形成的环境,既可能因其先进的趋势而使文学得益,使作家写出具有高度思想和艺术水平的作品,也可能因其颓败的趋势而阻碍文学的发展,使众多作家的作品走向平庸和颓废,跌落在创作的低谷之中。所以,建设良好的文学与文化的互动

生态关系,必然是我们今天所特别要重视的。

在建设文学与文化双赢的生态关系上,从历史经验看,应该做的就是要不断改善和创造有利于文学和文化良性互动的整体文化环境,努力做到以下两点。

第一,要努力实现全民教育的普及和文化的提高,从而为作家文化水平的提高和广大有文化的文学受众的形成,创造必要的平台。这是文化环境最重要的方面,它不仅为文学的繁荣提供广泛的需求,也为作家水平的提高提供必要的条件。我国文学史上"汉唐气象"的恢宏,与当时文化的昌盛分不开;俄罗斯 19 世纪文学的崛起,也与彼得大帝大力改革,兴办教育,学习西欧先进文化密切相联系。文化是文学的重要生态环境条件,是文学所赖以吸收广泛营养的丰腴土壤,作家必须从自己时代的文化中去汲取思想的启迪、艺术的素养和审美的风尚,更需要从当代吸取语言的矿藏和方方面面文化生活的体验。文化的贫瘠往往意味着文学作品内涵的贫瘠,作家的文化修养越高,文化视野越开阔,他的作品就越可能攀上时代的高峰。杜甫所说"读书破万卷,下笔如有神"正是作家的经验之谈,可见作家把自己的创作根须深深扎入文化土壤对于发展文学的重要。反过来,文学对传播文化,提高读者的文化素养也起着不可磨灭的作用。正是整个国家、民族的文化水平的提高,才能为具有文化和艺术欣赏水平的广大读者的培养创造良好的条件。而具有较高文化水平的大量读者存在及其所产生的文学需求,则是文学繁荣发展的十分重要的前提。文学十分繁荣的国家和民族,其文化鲜有不繁荣的。

第二,要坚持"古为今用,洋为中用""推陈出新""百花齐放,百家争鸣"的文化方针。历史表明,这是发展和繁荣文学艺术与文化的正确政策方针。文化各部分的良好生态关系的构建,也是文化和文学繁荣昌盛的必要条件。文化和文学的繁荣和发展,都需要变封闭为开放,善于汲取中外文化的有益养分,处理好意识形态中的传统与未来,主导与多元,民主与现代化的辩证关系,必须在多样化的发展中突出社会主义的主旋律,求同存异,取长补短,相互对话,相互补充,并且锐意创新。

第六章　英美文学素养培养

第一节　英美文学素养的价值

新时期背景下,社会的人才需求体现出全面性和综合性的特点,要求具备良好的综合素质。大学英语是我国高等教育的重要课程,在教学中应当注重学生英美文学素养的培养,促进各方面能力的提升。英美文学素养是在英美文学阅读基础上的能力提升,包括文化素养、语言能力、心理素养等内容,因此文学素养的培养越来越受到广大教师的重视。本章将对培养大学生英美文学素养的必要性进行研究,并探讨详细的教学策略。

一、大学英语教学中培养学生英美文学素养的必要性

大学英语教学的目的不仅是要求学生能够在工作和社交中流畅地用英语进行交流,培养学生的英语应用能力,而且要求提高学生的综合文化素养,增强自学能力,从而能够适应未来社会的发展要求。要达到上述目标就要求教师在授课的过程中,不能仅仅只是注重听说读写的训练,因为技能简单的相加不等于综合运用能力,从某种意义上来讲,综合运用能力应当包含听说读写在内的文化素养。

(一)增强学生的文化感知

语言与文化是一体的,任何一方都无法独立存在。语言是文化的载体,文学学习是一种快速掌握文化知识的学习方法。大量阅读西方的文学作品,了解西方文化的价值取向、思维方式,以及评判视角等多方面的

意识形态,能够包容、理解、尊重不同文化的学生,才是能够走向国际的人才。

(二)增强学生的英语综合能力

语言的学习十分重视积累,只有积累达到一定的程度才能够正确地、灵活地进行语言输出。而文化的学习可以仿效语言的学习,大量的阅读可以增强学生的语感,同时增加词汇量,并且还可以提升其语言的实际运用能力。"The best way to learn English is to use it."在英语学习的过程中,学生要注意在学习中和生活中经常使用英语,只有在实际运用中才能使学生快速掌握英语知识,加深对文章的理解,发现文章中的美,体会作者的情感,进而提升学生的文学素养。

(三)加强学生审美能力和人文素养的培养

通过阅读体会不同的文学文体和语言风格,学习是从表层逐渐加深的过程,最后达到提高学生文学修养和审美水平的目的。大学英语的显著特征是具有丰富的人文性,具体表现在大多数西方著作中,无论是词的选择、句型的结构、文章的布局还是修辞手法、节奏韵律等都蕴含着丰富的情感,很多优美的文章都体现出了人类情感的真善美。

通过教材提高学生的文学能力,培养学生积极向上的情感,使其身心得到全面的发展。大学教师在授课过程中应当向学生充分展示英美文学的魅力,采用正确的方式进行英美文学作品的教学。在文学学习方法上,鼓励学生打破常规、大胆创新,这样不但可以开阔学生视野,提高学生的学习兴趣,而且对于活跃学生的思维和提升学生的文学素养方面具有重要作用,使他们能够在未来十分激烈的世界竞争中占据一席之地。

二、大学英语教学中培养学生英美文学素养的途径

(一)充分利用英语课堂教学

通过课堂授课培养大学生英美文学素养是广大一线教师的首选途

径。大学生学习的英语教材都是经过教育部教材编纂并由专业教师精心挑选的,因此每一篇课文都具有很好的文学性,教师要充分利用教材进行教学,切实发挥教材的作用。由于非英文专业的学生面对英美文学作品时无法做到深层理解,所以西方文学作品的学习要以阅读和欣赏为主,在其他方面,如文学学习的连贯性、系统性,以及理论性等方面不必强求,让学生学习英美文学的目的是能够体验和感悟英美文学的美感。教师在课堂教学的过程中,要充分调动起学生的主观能动性,活跃学生的思维,激发学生学习的积极性,化被动为主动,提高学习效率,保证课堂教学的有效性。

(二)利用网络式教学模式

传统的填鸭式教学以教师授课为主,忽视了学生的主观能动性,学生只是被动地接受知识,丧失了学习的兴趣。网络式的教学模式主要采用多媒体和信息网络教学,教学的内容不再局限于课本,还包括多媒体课件、音像资料、网络资源等。这种教学方式不但能够锻炼学生的语言能力,而且生动的教学画面使学生对文学作品记忆深刻。应将对英美文学作品学习的重心放在体验和感悟方面,使学生快乐地遨游在丰富多彩的文学世界。同时鼓励学生大胆创新,发挥其主观能动性,培养学生的独立思考能力,从而对文学产生兴趣,提升英美学生素养。

(三)课内外进行师生互动

实践表明,大多数学生对课堂学习缺乏主动性,因此课堂教学应当发挥学生的主体作用,提高学生的自学能力,调动学生学习的自主性。同时教师要对课堂活动的形式进行改变,通过讨论、辩论等形式让学生了解感受英美文学的内涵。可以让学生在课下收集相关的资料并进行分析,再到课堂上进行讨论,将文学能力的培养延伸到课外。丰富的课外活动为文学能力的培养提供了广阔的空间,可以观看英美电影,如《The sound of music》《Legally Blonde》《Confessions of a Shopaholic》等;收听英语广播,如《China Business Radio》《English Evening》等;进行英文诗歌朗诵和歌唱比赛;排练英文话剧,如《The Gifts》《Susan and Cathy》等;组织英语文学社等。学生利用课余时间参与这些活动能够提高学生的英美文学素养。

(四)做好课前资料的搜集工作

兴趣是最好的老师,教师可以利用这一点调动学生学习的积极性和主动性。教师要做好课前准备工作,可以事先设计一些问题让学生充分表达自己独到的看法和见解。例如学习英语课文时,曾经有一课讲到莎士比亚的名言,教师可以围绕名言的出处、背景、相关文学知识等相关方面进行提问,让学生动手搜集资料并解决问题。之后通过提问让学生产生好奇心,激发学生探索的兴趣,点燃学生的学习热情,让学生在实践中学习,提升文学素养。同时可以鼓励学生搜集一些类似的外国名人名言,加深对英美文学的了解。

(五)延伸课外阅读活动

教师在课堂教学的过程中除了完成教学大纲的要求之外,还要选择与主题相关的英美文学作品,延伸阅读活动,提高课堂教学的趣味性,让学生感受到英美文学的魅力。例如《爱和友谊》这篇课文教师在课堂讲解时,可以让学生搜集《当你老了》的相关作品,让学生赏析这些文学作品,感受文学作品的美,在陶冶情操的同时扩展知识面。诗歌体裁是最难学习的,因此为了使学生更好地理解诗歌,教师可以将诗歌编成故事或者话剧,然后让学生进行分组表演,同时可以使用道具加以辅助,使诗歌更加形象生动形象地展现出来,让学生身临其境,加深对诗歌的理解。通过这种教学方式既能保证课堂教学的效果,又能够提高学生的学习效率,让学生更加快速地走进英美文学的世界,提升学生的文学素养。

(六)加强课外学习的自主性

课堂学习的时间毕竟是有限的,丰富的课外时间为学生文学素养的培养提供了可能。例如利用晚自习或者课余时间组织学生观看英语电影,电影结束以后要用英语对电影的情节、精彩片段、心得体会、对话进行总结,并以书面的形式将报告交给教师评阅,教师在评阅以后要准确指出报告的优缺点,并帮助学生进行改正。多方面评价学生,对于表现优秀的学生要增加其自信心对其进行表扬;对于表现不好的学生教师要鼓励其不要灰心,再接再厉。这种方式在检查学生理解程度的同时,又提升了学生的认知水平,培养了学生的语言表达能力和写作能力,可以在故事的思索和感悟中提高学生的文学素养。除此之外,教师还可以鼓励学生阅读一些短篇小说,如《老人与海》《小王子》等。生动有趣的短文在吸引学生阅读兴趣的同时,也为学生留下了想象的空间,并且寓意深刻的短篇小说对学生文学素养的培养具有一定的帮助作用。

(七)有效利用第二课堂活动

丰富课余时间,活跃校园文化,可以开设第二课堂活动。教师在授课的过程中可以将学习的内容与第二课堂结合起来,使得学生尽可能多地接触英美文学作品,并且受到英美文学作品的熏陶。例如组织学生进行诗歌朗诵比赛或话剧表演,这样的学习方式不但丰富了学生的课余时间,而且开阔了学生的视野,拓展了学生的文学知识。还可以邀请教师举办讲座,讲授一些文学常识,这也是培养学生文学素养的一个好方法。另外,进行电影欣赏也是有效可行的办法。

英语课程开设的目的不仅仅是能够运用英语进行交流和取得高分数,更重要的是扩大学生的知识面,开阔学生的视野,增强学生对世界文化的进一步了解。教师在讲课的过程中不但要完成教学大纲的要求,而且要延伸课外阅读,选择拓展阅读的内容要与学习的主题相关,有效地利用教学资源,激发学生的学习兴趣,发挥学生的主观能动性,化被动为主动,提高学习效率,提升学生的文学素养,保证课堂教学的有效性。

第二节　英美文学素养的培养方法

在市场经济背景下,人才依附于市场而必须具备适应市场的能力,对学生而言,不仅要有英语实践能力,还要有跨文化交际能力,英美文学素养显得尤为重要。随着大众化教育的普及,毕业生数量逐年增加,就业压力越来越大,高质量的教育有利于缓解就业压力,培养学生英美文学素养是其重要一环,必须引起足够重视。在实际教学中,教学内容主要以现代英语为基础,培养学生英美文学素养的内容少之又少,又常常被忽略,不仅影响教学质量,还造成了学生英语学习的不平衡发展。

一、英美文学在英语教育中的作用

首先,可以提升学生的英语能力。英美文学有其独特的文化魅力,与东方文学相比有着很大的区别,通过学习英美文学作品,不仅丰富了学生的词汇储备量及语言表达方式,还可以在其中提取关于西方的生活、文化、社会等内容,加深对西方文化的了解,从而在实践中更能体会英美文学的魅力,同时有利于提高学生学习英语的热情。

其次,促进对英美文化的解读。不同国家有不同文化特点,文学作品是对一个国家乃至一个时代最好的见证。通过阅读英美文学作品,可以感受到英美人民真实的情感表达,学习到更深层的精神文化,对西方文学作品的思想观念有更深刻的理解。

最后,激发学生的创造力。在教学中加入文化素养教学,可扩大学生英语知识范围,有利于学生理解与应用,进而使学生喜欢上这门课程。在此基础上,学生与文本的互动能力增强,最终达到提高阅读能力的目的,在学习中,学生更容易找到兴趣点并激发潜在创造力。

二、培养学生英美文学素养的对策

(一)以就业为主要发展方向,培养学生兴趣

任何一名学生都离不开社会,学习的目的是在各行各业工作和深造,而熟练应用英语是一项基础技能。不同工作对英语要求是不一样的,在课本中加入针对性内容的同时,应当注重培养学生的英美文学掌握能力,

提升知识的宽度和深度。教师应在教学中穿插一些英美文学故事，这样可以让学生感受其文化魅力，提升探索英美文学的内驱力。这种内驱力需要兴趣来支持，在教学中针对不同特点学生因材施教尤其必要，营造积极和谐的教学氛围，可以使学生在寓教于乐中不断迸发学习乐趣。学生心理素质培养亦十分重要，通过合理规划教学内容，能够解决一些学生学习中遇到的问题，让他们感受到自己的学习在不断前进，自我能力不断提高，进而产生自信心。鼓励学生课下多看英美文学作品，课上积极主动发言，在一些学习环节采取小组合作方式，增加学生之间的互动与交流，进而使学生获得更好的学习体验。

（二）在教学中添加英美文学鉴赏

英语教学目的是让学生英语应用能力得到提升，英语的思维模式与汉语有一定不同，虽然在教学中有所注重，但有时会将其忽视。一些英美文学作品中的精华与现代英语有较大区别，学生学习起来比较困难，即便对英美文学与现代英语的区别有所了解，也会遇到许多麻烦，加上英语教学中忽略这一部分，学生想要从英美文学作品中获得独特的人文素养较为困难，而这种人文素养恰恰是学生欠缺的。所以在英语教学中，可以加入一些英美文学相关的鉴赏内容，使其对大学生人文素养产生积极作用，进而提升学生英美文学素养。研究表明，英美文学与中国传统文学有异曲同工之妙，对不同作品的鉴赏是一个循序渐进的积累过程，可以影响学生的思想观念，使他们产生积极向上的人生态度，在遇到挫折、困难时可以放手一搏，迎难而上。英美文学与中国传统文学在表达方式上有很大差异，对此，学生可以将英美文学与传统文学进行对比，对两种文化的不同进行分析，进而更为深刻地了解文化存在的意义。

（三）利用校园资源提升自己

1. 充分利用教材

教材是主要的教学工具，课堂上使用最频繁，因此可以利用教材开展英美文学素养教学。譬如教材中一些内容具有很强的文学性，可以重点对这些内容进行分类梳理,进而提高教学内容的宽度和深度。目前,英语课程改革具有一定难度,英美文学教学实施仍存在一些问题,而在教材基础上进行文学素养培养是一种很好的方式。如在课堂上,可以针对教材内容精挑细选一些文学性较强的课文,让学生充分感受文学作品中作者的思想和人性魅力,使学生受到感染和熏陶,或者让学生读整本的作品,进而有更深层次的理解。这种方式能够帮助学生提高自身的文学素养。比如"Pride comes before a fall"翻译成中文是"骄兵必败",虽然这句话十分短小精悍,但非常有意思,也更容易引起学生的注意力,多以此类语句作引子激发学生的阅读兴趣,能够达到提升学生英美文学素养之目的。

2. 借读英美文学作品

图书馆有许多经典英美文学作品,之所以被称为经典,是因为其具有较高的文学价值,得到了大部分人认可。学生可以借阅一些文学作品,通过自己或者教师的帮助,了解其中的价值所在。大量英语阅读可以提高学生的阅读能力,还可以在阅读过程中增加单词储备量和提升文学素养。学生在阅读时势必会利用自身的理解力去体会作品中表达的思想情感,这是一个锻炼过程,文学作品的领悟能力会逐渐提升。可以说,文学作品对提高学生英美文学素养至关重要。教师可以为学生整理一个经典英美文学清单,或者是一些名人名言,让学生在闲暇时间阅读。在英语课上,可以让学生针对自己读过的文学作品发表一下感想,或者让学生组成小组探讨作品表达的思想感情,以这种方式增强学生对文学作品的理解,提高英美文学素养。

3. 多参与英语社团

英语社团的作用非常大,因为相较于课堂教学,社团更加自由化、随意化,由学生自主参与,所以学习兴趣比课堂教学更高。社团是学生的社团,没有教师参与其中,这样更能发挥学生的主观能动性,不仅锻炼了组织能力,还提高了活动参与度。学生之间交流是没有任何鸿沟的,交流起来简单容易许多。学生通过参与社团提高英美文学素养,就会涉及作品赏析、阅读比赛、文化知识竞赛等活动,这些是自发的,学生更乐意参加。

4.多利用互联网学习

互联网时代到来,学习不再局限于有限的课堂空间,通过互联网进行英美文化学习也是不错的选择。学校有电脑机房,许多学生有个人电脑,可利用这些资源进行学习。这种学习方式并非面对面的,这样学生学习起来负担更小,更能畅所欲言,提高学生参与度,学习英美文学达到事半功倍的效果。比如在讲解英美西方传统文化的过程中,可以利用网络资源收集相关的视频资料和图片资料,边讲解边将视频和图片展示给学生,这种方式让学生在脑海中形成相应的画面,进而加深对该知识的理解。

总而言之,随着时代的发展,传统的英语教学已经不再适应社会需求,人们对学生文学素养的关注越来越高,如何提高学生英美文学素养成为业内关注的焦点。提高学生英美文学素养是一个循序渐进的过程,既要合理有效利用校园有利资源,又要采取合理的教学方法,关键要让学生保持较高兴趣。探索培养学生英美文学素养的方法,有助于提高英语教学质量,为今后英美文学素养的发展奠定基础。

第三节　英美文学作品赏析与人文素养

当前优秀的英美文学作品在我们的生活中不胜枚举,而随着互联网以及智能化阅读方式在读者生活中的逐渐渗透,读者阅读和了解英美文学作品的渠道也更加多元。通过阅读英美文学作品,读者可以了解到西方不同的思想和文化,开阔自己的眼界,启发自己的思维,从而让自己的人文素养得到提升,因此可以理解为赏析英美文学作品是提升人文素养的有效途径。所以本节也将围绕这一重点进行简要的分析,探讨其赏析意义和主要角度。

一、人文素养的概念、作用

(一)概念

要想理解人文素养的概念,不妨将人文素养按照"人文"和"素养"两部分进行分析。因为只有对这两部分内容有全面的了解,才能够在综合二者的基础上更好地诠释人文素养的重要内核。所谓"人文"主要是指所有人类在生产和发展过程中产生的各种学科和科学经验。比如我们比较常见的政治学、历史学、哲学以及当前探讨热度较高的经济学和此处想要探讨的文学等。它是人类在发展过程中所积累的十分宝贵经验的具象化体现,也是人类获取生活经验、掌握知识技能、进行探索和思考的主要知识来源。所谓"素养"则是指人类在发展过程中可以养成的能力素养和精神素养。

将"人文"和"素养"所包含的概念进行整合之后,就可以得出"人文素养"的基本概念。也就是说,人文素养是基于各种科学研究以及对学科知识的探索和思考所形成的知识水平,以及各类人文学科中所具有的以人为主体、以人为核心的内在精神。

(二)作用

人文素养对提升读者的综合能力,以及培养优秀品质都有不可忽视的重要作用。在具体的工作和生活中,人文素养的重要作用更是不容忽视。因此,我们可以从以下两个方面来详细探讨人文素养所具有的重要作用。

1. 可以帮助人生价值观的形成

一个人要想在社会上得到更好地立足以及更好的发展,必须具有正确的价值观念、较高的道德素养,以及能够被人们所肯定的可贵品质。培养人文素养的过程就是读者通过对一系列学科知识的学习和探索,来逐渐构建起了解世界、探索世界的价值体系和方法体系的过程。一般来说,如果一个人在成长过程中所接触到的知识越丰富,在学习和掌握知识的过程中思考越频繁,那么他也就能够拥有更加开阔的眼界,也能够从不同的角度更加全面地去思考和解决问题,从而在工作和学习中可以更好地实现自身的价值。人文素养的培养可以帮助读者形成良好的品格。除此之外,人文素养在帮助个体形成人生价值观的过程中还可以更好地提升个体的获得感和幸福感。因为人是社会性的生物，个体不仅可以从文学作品以及书本中汲取经验，同样也可以将自己所汲取的经验应用于自己的实际生活，在具体的实践中去感悟文学作品以及书本中所蕴含的道理，并且将之转化为己有。在这个过程中，个体将会更好地与社会的发展相适应，收获幸福感，让自己的精神层面更为丰富饱满。

2.可以让生活变得更有趣味

现在随着互联网的普及，读者对陌生事物和多元文化充满好奇，网络文学以及互联网文化对读者的生活产生了巨大的影响。读万卷书，行万里路，阅读的目的不仅仅是让读者获得知识，开阔眼界，还可以让读者的思想得到升华，让读者即使身处闹市，也依然能够在心灵深处拥有一片宁静的秘密花园。而阅读所获得的人文素养也同样可以让生活变得更有趣味性，因为在阅读的过程中，读者所收获的感想往往会潜移默化地影响到读者，让读者可以在生活中从不同的角度来看待问题。比如良好的人文素养可以将越来越多的人从低质化的网络小说以及互联网文化中解脱出来，通过阅读文学作品开阔眼界，树立正确的价值和道德观念。

二、英美文学作品对于提升人文素养的作用

（一）提升读者的审美能力

提升读者的审美是英美文学作品在提升人文素养方面的首要作用。因为作家在写作文学作品的时候，往往会融入自己的思想，为了更好地让读者感受文章中所表达的内容，会采用大量修饰手法以及各种细致的描述，从而让文学作品更具故事性、审美性以及深刻的精神内核。所以读者在阅读文学作品的过程中，会感受到文学作品所蕴含的审美价值，被优美的语言、引人入胜的情节和所表达的美好情感所吸引，进而潜移默化地让自己的审美能力得到提升，并且会下意识地在自己的生活和工作中应用从文学作品中感受到的美学思想。比如在英美文学领域有着深远持久的影响，而且有大量优秀作品的马克·吐温、莎士比亚等伟大的作家，他们

的文学作品不仅有着引人入胜的情节,而且具有极高的美学价值。读者细细品读之后不仅可以更好地了解作者所处的时代,而且也能够感受到其中的美学思想。

(二)陶冶读者的情操

学习是为了让我们变得更加优秀,而文学作品中也同样蕴含着许多优秀的知识。比如作者在写作过程中会围绕某一个核心思想来展开对故事的叙述,或者在写作的过程中,将自己想要表达的思想,用文字的方式呈现出来。因为有了作者的思想,所以文学作品更加富有灵性和趣味性,而且也比较容易让读者在阅读的过程中产生共鸣。当越来越多的读者通过阅读文学作品和作者产生共鸣时,自然也会感受到作者通过文学作品所要表达的思想。尤其是在一些经典的英美文学作品中,作者往往会结合其所处的时代背景,所以这些文学作品也是读者了解作者所处的时代的重要"窗口"。透过纸间的文字,读者可以在阅读的过程中接受人文精神的熏陶,并且让自己的文化修养以及智慧得到增长,与此同时因为感受到了文学作品中所蕴含的精神内核,所以,读者也会在不断思考中让自己的情操得到陶冶。

(三)丰富读者的情感

英美文学作品中,除了一些文学大家所写的散文诗歌之外,中国读者最喜欢的莫过于那些拥有跌宕起伏的情节以及精彩描述的英美小说,而小说所具有的最为典型的特征就是一环套一环的情节以及小说中主人公之间的情感和思想上的冲突与碰撞。读者在阅读时因为被小说的情节所吸引,所以往往会让自己的情绪随着小说的情节而流转,感动小说人物所感动的,难过小说人物所难过的,仿佛透过小说中一个个人物的双眼,看到了他们所处的时代,看到了他们在小说中所处的世界以及他们的内在精神。而在这个过程中,读者的情感也会因此而变得更加丰富,仿佛可以从一部小说中感悟复杂的人生,经历小说中人物所经历的喜怒哀乐。而读者在阅读英美文学作品的过程中所获得的洞察世事的感悟以及悲悯之心,可以让他们的心灵提升到更高的层次,让他们的心智逐渐得到完善,让他们在感悟人生的过程中,思考什么是正确的生活方式,并且寻找真正适合自己的生活方式和自己身处这个世界应该寻求到的并为之奋斗的目标。这便是通过英美文学作品赏析来培养读者人文素养的最为深刻的作用,也是最具魅力的地方。

(四)完善读者的知识架构,开阔读者眼界

完善读者的知识架构,开阔读者的眼界,同样是英美文学作品赏析对于人文素养提升的重要作用之一。因为文学作品并非只是某一部文学作品,而是伴随着英美文学史的发展而产生的数量庞大且丰富的文学之海。其中既有文字优美、极具审美意趣的散文和诗歌,也有大量情节引人入胜、人物个性鲜明的小说。而且由于作者所处的时代不同、环境不同、人生境遇不同,所以使得这些文学作品能够很好地反映出英美国家的历史发展脉络。很多文学作品中还包含了大量对于英美国家风景名胜以及民众生活习俗的介绍,这也使得这些文学作品具有极强的可读性。读者在阅读这些优秀文学作品的时候,所感受到的不仅仅是作者想要表达的思想,同样也能够透过作者的文字感受那些奇幻优美的异域风光,了解英美国家的风俗习惯,这样一来即使不能身处其中,也可以开阔读者的眼界。而这便是英美文学作品的魅力所在,当读者的知识架构得到了丰富、眼界得到了开阔,那么人文素养自然就随之提升了。

三、通过英美文学作品赏析提升人文素养的有效途径

(一)选择合适的文学作品

现在英美文学作品浩如烟海,不仅题材多样,而且作品的数量也非常庞大。因此要想提升人文素养,那么读者应该结合自己的需求,然后在此基础上,用科学的方法寻找适合自己的文学作品进行赏析。具体可以尝试这两种途径:第一,阅读排行榜。阅读排行榜是读者了解英美文学作品内容的最为直接的途径。通常来说,如果一部文学作品的可读性非常强,

而且拥有深刻的思想内核,能够引起读者的共鸣,在艺术思想上也同样拥有较高的造诣,那么就可以称之为优秀的文学作品。因此读者如果想要寻找适合自己的文学作品,不妨通过阅读排行榜上的好书推荐对作品的大概内容有一定的了解,然后再结合自己的喜好和兴趣进行深入的阅读。第二,互联网查找。很多人在阅读英美文学作品的时候,都是通过别人的推荐或者自己对某一个题材的偏好来选择的。所以为了判断该文学作品是否符合自己的阅读需求,读者可以在互联网搜索该文学作品,了解之后,再决定是否阅读。

(二)了解作者的生平以及作品背景

了解作者的生平以及作品的写作背景,也有利于培养读者的人文素养。因为一般来说在英美文学作品,尤其是英美古代文学作品中,作品大多是作者不满于当时的社会现状而写的,反映出他们所处的那个时代。因此,读者在接触到每一部作品之前不妨对该部作品的作者以及作者的生平和他所处的时代背景进行一个简要的了解,然后再去阅读英美文学作品。这样一来就可以让读者在阅读的过程中更好地感受文学作品所蕴含的思想内核,而且也更加有侧重点,从而也有利于提升读者的人文素养。

(三)掌握文化差异深化情感认知

因为文化差异,读者在欣赏优美作品时依旧按照中国文化传统思维揣摩文学作品,在理解上不可避免地会出现一些偏差甚至错误。比如在人物性格特点的刻画上,中国文学作品与英美文学作品有着较大的差异。因此,首先必须深入地去了解文化差异,全面把握作者的写作意图,才能够对其思想内涵有所认知。特别是要对英美文学作品的每一个单词认真揣摩、深刻分析,确保对其中的深刻含义能够有所把握,准确掌握其内涵。读者只有反复分析、反复认知才能够对每个词的含义做到精准把握。其次,由于文化差异,学生在赏析英美文学作品时难以避免按照固有思维去理解，所以要改变思维习惯，学会用英美思维来赏析作品，才能够对作品的精髓准确把握。只有对情感做到完全的认知，才能够做到深入赏析。再次，读者要深入阅读，在情感上下功夫，体会英文作品的意境。作品中的语言语境是重要内容，作者都是通过这些来进行情感表达的。因此，所用的词都非常谨慎，可以说是推敲出来的，每个词语背后都有深刻的意图。读者要认真品读作品，才能对作品的内涵全面把握，最终实现人文素养的有效提升。最后，作者的写作风格不同，表达手法也不同，有的擅长幽默风格，有的擅长豪放风格。因此，要注重发现作者的风格表达特点，才能对作者的写作意图有深入的了解，同时对作者想要表达的情感有全面认知。

（四）学会总结和思考

在阅读完英美文学作品之后，读者不妨通过总结和思考来对自己在阅读中取得的收获进行"反刍"，这种总结和思考最大的好处就是能够对文学作品有一个整体的认知，然后从不同的角度更好地赏析文学作品。就比如说作者是如何做到文学作品的精神内核和故事情节相统一的？作者想要通过这部文学作品向读者传递一个什么样的世界？这部文学作品所采用的叙述方式是什么？这部文学作品中最为经典的段落是什么？这种反思和总结的过程亦是对文学作品赏析的过程，而在这种赏析中，读者的人文素养也能够得到有效提升。

综上所述，赏析英美文学作品有助于提升人文素养。人文素养对于读者的成长来说有非常重要的作用，而提升人文素养的主要途径之一就是阅读优秀的文学作品，通过感受其中的语言之美和思想之美，来开阔他们的眼界，让他们更好地认识世界、了解世界，提升自己的道德修养，从而成为更好的人。英美文学作品是世界文学发展史上闪耀的瑰宝，因此广大读者也可以将英美文学作品赏析作为提升自身人文素养的重要途径，多阅读、多思考，从中得到更多的收获。

第四节　英美文学教学与文学素养培养

相关研究指出,随着英语教育教学改革的深入,英语教育已经不仅是单纯地传授英语语言知识,而是转向培养学生的语言交际能力,提升学生的文化素养。英语教学也随着学生素养拓展开设了更多元化的课程,如文化类、文学类、应用类和语言技能类课程,为实现英语教育个性化教学和学生综合素质培养奠定基础。在这一背景下,英美文学教学被赋予了更多的教育责任:从内容上来看,英美文学课程涵盖的内容十分丰富,其课程本身所具有的内容值得深入挖掘;从影响上来看,英美文学是学生语言学习过程中的重要过程与手段,也是了解国外文化的重要渠道,因此该课程无论对于我国"新文科"建设,还是课程思政的开展而言,都具有十分重要的意义和价值。

除上文提到的责任外,我们也不能忽视英美文学课程对于学生文学素养的培养,自人类文学自觉以来,文学就成为世界、作者、读者与文本之间的互动,文学的本身不是语言的工具,而是有独立思想、独立内容与独立形式的艺术,因此,文学素养的培养,是英美文学课程必须重点关注的内容。本节将从三个方面详细论述英美文学教学与学生文学素养培养的意义、关系与方法。

一、英美文学教学中培养学生文学素养的重要意义

论述英美文学教学中培养学生文学素养的意义,要从两个方面入手,一方面要认识文学素养在当下人才培养过程或环节中扮演着怎样的角色,对于人的全面发展具有哪些重要的意义;另一方面要认识文学素养的培养对英美文学课程自身而言具有怎样的意义。

文学素养在当前社会越来越受到普遍重视,有研究指出,近些年来人们对精神方面的要求越来越高,也逐渐衍生了精神文明等相关概念,当代

人对于自身的精神文明建设也越来越重视。这种思想逐渐蔓延到人才培养思路上面,对于人才的要求也不仅仅是专业技能的培训,还要求其具有更为全面的审美观念等。文学素养代表了一个人的综合素质,而综合素质的提高对人才的培养则意义重大。一个人的文学素养的高低,不仅仅是一项专业技能水平的评判标准,也是考量一个人综合素质的重要因素之一,在当今社会,各行各业都需要具有文学素养和文学思维的人才,因此英美文学教学中培养学生文学素养,响应了社会对于人才培养的需求。

此外,英美文学教学中培养学生文学素养,对于英美文学教学而言,乃至对于我国的外语教学工作而言,都具有重要意义。对于英美文学教学而言,文学素养的提高是教育的直接目的,通过作品的赏析,让学生具有独立的审美鉴赏能力,获取文学知识,提高文学素养,这本就是英美文学课程的应有之义。对于我国外语教学工作而言,语言教育的两个重要影响因素是文化与语境,文化是孕育语言的土壤,语境是获取语感的重要手段,通过对英美文学的教学,能够从上述两个方面增强学生的语言能力。而真正意义上做到对语言的融会贯通,则需要以英美文学课程为载体,通过对文学素养的培养加以实现。语言是工具,用以打开文化之门,构建沟通桥梁,通过文学素养的培养,让学生打开文学世界,树立浓厚兴趣,毫无疑问有助于我国外国语教学工作的开展。

无论是文学素养作为一种综合素质的体现,对人才未来成长所具有的重要意义而言;还是文学素养作为英美文学教学乃至外国语言文学教育的重要内容和必备环节,对课程体系以及教育过程发挥的重要作用而言,英美文学教学中培养学生的文学素养,都是具有重要意义的。在英美文学教育过程中,培养学生的文学素养,让学生充分了解外国文化、看到中外文化的差异,不仅能使其以更宽广的视野和更专业的眼光鉴赏中国文学,也有利于我国课程思政工作的进一步开展。

二、英美文学教学中能够培养哪些文学素养

如果说指出意义就是指明了方向,那么弄清楚在英美文学教学中,学生能够培养的文学素养有哪些,就是进一步确定我们需要获得的实际内容。

英美文学教学能通过大量的阅读获得文学常识。近年来,我国大学英语教学十分重视工具性与人文性的统一,对于文学与文化常识的教学也有所侧重,这是教育的方向与趋势。研究指出,教育部对大学英语的教学中要求,该课程不光是作为当代大学生一门基础的语言课程,它还是学生们不断拓展知识,了解世界各地文化的课程,要做到人文性和工具性相统一,要充分考虑到对学生国际文化常识的教育以及文学素养的培养。英美文学教学能够通过对英美文学经典的阅读,获取文学常识,了解作家、流派等基本信息,大致理清文学史脉络,对英美文学的发展历程有基础性、通识性的了解。当前我国英美文学课程主要开设在外国语学院而非人文学院,这主要考虑的是语言环境。同样的作品,原文与译文存在着一定的区别,英语语言环境所能够获得的直观阅读感受,也是译本所没有办法提供的文学体验。通过英美文学教学的阅读环节,能够让学生接触作品、了解作家,感受不同作者、不同流派的语言风格,从而获得文学常识。

英美文学教学还能够通过对文本的细读培养创作能力。阅读是创作的前提,只有大量的阅读才能够获得源源不断的创作灵感。在英美文学教学中,通过对优秀作品的细读,能够获得不同程度的积累,这一积累的过程最终能够形成一个人的文学底蕴,激发其创作灵感,培养其创作能力。在语言上,文学性的语言往往经过修辞与加工,这对于外语学习而言具有更高的难度,同时对语言的提升也是十分显著的,无论是语感的培养还是措辞的严谨,都能够提高学生的语言使用能力;在形式上,不同流派的作家会形成其不同的行文风格,叙事视角的差异、行文的结构都会有所区别,而这些差异与区别则能够形成不同的阅读体验,继而影响学生的写作风格,例如对福克纳等意识流作家的阅读,学生能够获得艰难但新奇的

阅读体验,这与阅读海明威式的叙述风格、狄更斯式的叙述风格又都有着非常明显的区别,但在上述作家的著作中,文学的魅力却同样存在,这就能够形成思考和选择,学生能够在不停地阅读—思考—创作的循环中,培养属于自己的创作风格,潜移默化中提高其文学创作能力。

英美文学教学能够通过对情感的共鸣获得审美体验。无论作家是否在文学作品中刻意隐藏自己的情感,都是作家创作的产物,都带有作家的烙印,这也使得每一个文学作品都有着情感性,具有优秀文学素养的人,能够更加敏锐、更加敏感地捕捉到文学作品当中所蕴含的情感内容,并容易找到共鸣和获得审美体验,换句话来说,英美文学教学能够通过培养学生对作品情感的共鸣,培养学生的审美体验,并形成对人类普遍问题与情感的思考,产生深刻的人文关怀。英美文学作品鉴赏是了解英美文化以及语言的有效途径,也是英美语言的精髓与载体。文学作品的阅读与鉴赏,有利于提高对语言的认识与理解,并能丰富语言的学习体验。所以,英美文学作品的艺术审美过程具有多种功能与价值,既能提升读者的审美情趣,又能进一步理解英国与美国的作品的艺术内涵,了解中西文化的差异。

无论是通过阅读获得文学常识,还是通过文本细读培养写作能力,抑或通过培养情感共鸣培养审美意识,都是英美文学教学所能够承担的教育内容,让学生在纷繁的英美文学宝库中,不断汲取营养,扩展视野,培养语言能力,提高文学素养。

三、如何通过英美文学教学培养学生的文学素养

在具体的英美文学教学培养中,需要从教育理念、教育手段、教育过程等方面入手,不断提升教育质量和水平,通过英美文学教学培养学生的文学素养。在当今社会,对英美文学教学方式的反思与创新成果颇丰,且涉及面较广。有研究指出,"观念上,重新认识英美文学课程所发挥的思政作用;方法上,突显强调'诱发引导、交互对话';目标上,启发学生从跨文化视角、以跨学科思维评价外来文学与文化,引导学生树立正确的价值观,培养学生的思辨能力以及传递中国能量、中国精神的意识与责任感。"

无论是观念、方法、目标，还是教育理念、教育手段、教育过程其所追求的效果都是一致的，即提高英美文学教学的质量和水平，培养具有世界眼光的，具有良好文学素养的，符合社会发展需求的可用之才。

教育理念是教育过程的先导，先进的教育理念能够促进教育的发展，因此英美文学教学的教育理念必须坚持与时俱进、开拓创新，服务教育工作大局。传统的教育理念中，英美文学的教学，是服务于语言教学的手段，教育的目的是培养学生的语言能力而非文学素养。一方面文学素养的提高对于语言能力的培养具有重要的促进作用，另一方面文学素养已成为人才必须具备的素质之一，必须下大力气进行培养，因此必须充分更新观念，重视英美文学教学中文学素养培养的意义。

教育手段的变革是提高教育成效的关键，当下能够选择的教学手段可以称得上十分多样，除传统教育手段外，新媒体等新兴教育资源的运用，也是教育手段革新的关键。对于英美文学教学而言，充分利用新媒体资源，能够获取更丰富的教育素材、更加灵活的教育形式、更便捷的教育反馈、更科学的教育评价，通过新兴教育手段的运用，不仅能够提高学生学习的积极性、主动性，也能够节约教育资源，取得良好的教育成效。

教育过程中，在通过英美文学作品进行语言教学的同时，要重视文本的精读、细读，注重细节的把握，可将不同作家、流派的作品进行对比教学，更多地拓展知识领域，介绍创作背景、流派风格等内容，增进学生对作品的深层次感悟与理解，提高审美水平。将更多的课堂主导权交给学生，通过集体研讨、模仿创作、知识拓展等手段，鼓励学生多发问、多讨论、多创作，从而全方位培养学生的文学素养，充分利用英美文学的丰富教育资源，为我国培养精通语言、文化又兼具文学素养的专业人才。

综上所述，英美文学教学中培养学生文学素养，是必要的也是必需的，要通过对优秀英美文学作品的赏析和解读，培养学生的文学感悟与文学素养，从而建立起对学生影响深远的人文情怀，是英美文学教学能够承担的教育责任。从教育理念、教育手段、教育过程等方面入手，不断提升教育质量和水平，能够切实提升学生的文学素养，继而提升英美文学教学的质量和水平。

第五节　英美文学教育对学生人文素养培养的作用

英美文学中所体现出的人文主义精神对我国教育有着重要影响,符合我国新时期对高等院校英语方面教学的要求。教师在日常的英美文学教学中,通过不断增加学生们的阅读量,丰富学生们的阅读题材,来增强学生们的阅读能力。学习文学大家的优秀文学作品,能够影响和改变大学生的内在思想,从而转变其观念来指引学生更好地发展与成长。

一、大学英美文学教育的现状及问题

阅读作为一个扩展学生视野,增长学生见识的重要途径,可以提高学生的各方面技能,提高学生对于文学课堂的兴趣度。此外在推进英美文学教学课堂的过程中,要注重对于学生人文素养的培养。英美文学的传播能够充分地展示英美文化,体现英美人文精神,其对培养高中学生的人文素养有着重要的意义。但就大学英美文学教育的现状而言,仍然有许多亟待解决的问题。

(一)阅读题材单一

现阶段大学英美文学教育所使用的阅读题材大多来自课本上面的名家选集,对于目前大学生阅读能力所需的阅读量,是远远不够的。教材中的阅读材料较为单一,仅按照教学内容的进度来安排相应的课时,选材也是比较老套。教师在进行文学阅读分析时,仅对课本中涉及的阅读内容,进行简要的分析,学生在学习阅读时不能够全面的调动思维,阅读面窄。不能够全方位地了解名家的写作特色,写作风格和写作手法,因此对于文学阅读能力的提高有些不利。

(二)教师课设方式传统

在英美文学教育的课堂中,大多呈现的是以老师讲课,学生听课为主的传统教学模式。这种教学模式极不利于学生发挥其主动积极性。学生在进行文学阅读课时,仅是以听者的身份来听老师的讲解,或者老师以传统的方式,要求学生阅读相应的片段内容,并由学生来进行分析和理解,这种方式不利于学生全面的把握阅读思维。大学的英美文学教育相比于传统的文学阅读而言,有着其独特性。其重点是要向大学生传输一种人文精神,因此大学的课堂就要进行适时的创新,课设方式的老套也无法激起学生们对于文学阅读的兴趣。

(三)人文素养实施力度小

从古至今,中国文学经典的传承与发展,体现出了曲折性的前进特征。优秀的文学作品也被保留了下来,而国外也同样具有众多优秀的文学作品。通过品读和研究优秀的文学作品,可以从中吸取精华,感受不一样的人文气息。但目前大多数的英美文学课堂上,老师采用以教师讲解为主的教学模式,面对教材上满篇的文字叙述,学生很难激发自身的学习兴趣,这就需要老师运用新颖独特的方式来活跃文学课堂。再者说,在各大高校推行英美文学教育,对于人文素养的培养实施力度较小,并没有形成教育的普遍性。

二、大学英美文学教育对学生人文素养培养的重要性

在大学阶段推进英美文学教育,是对文学教育中缺乏人文素质培养现状的一大改良和创新。应让学生广泛阅读不同题材,不同名家的阅读作品,全面了解优秀作品中蕴含的思想和道理,品读文学作品中的人文思想,从而提高自己的文学阅读能力,加强自身的人文素质。学生们通过学习这些作品可以增加其对相应的历史背景和人文地理的了解,因为了解了时代背景,其对相应的人文知识的理解就更为透彻。

(一)提升知识储备,增长阅读知识

不同的阅读题材反映的是不同的知识,学生广泛阅读,吸取不同的知识来丰富其自身,让自身得到发展,并在阅读的过程中增长自己的见识和视野。通过广泛的阅读,学生学会了与作者进行交流,感受作者的语境和

心境,以此来提高自己的阅读能力。例如在进行文学阅读时用笔勾画出痕迹,并在读后写出感想,加深印象与感受,提升阅读质量。在这个过程中会和作者产生思想共鸣,在潜移默化中,对于自我的意识和思想有一个提升。

(二)拓展逻辑思维,提高阅读能力

学生在阅读的过程中,不仅是对阅读文字的理解和把握,也是对作者思想的碰撞和升华,不断地通过阅读,感受作者传达的一种人文精神。对自身的思维逻辑是一个很好的提升。学生在阅读的过程中,并不是死板的记忆文字,而是有选择性的进行记忆,并在自己的脑海中对于知识有一个筛减的过程,这就很好地锻炼了学生的逻辑思维,也体现出了大学阶段推进英文教育,对于人文素养的提升是一个很好的途径。

(三)传承优秀经典,培养内在品质

中华文化博大精深,中国经典文学作品丰富多样,其价值在任何时期都不可磨灭。同样,国外的著名文学作品,对于提升大学生的内在修养也是十分重要的。文学知识的丰富性与广泛性,很好地满足了学生对于各类知识的学习需求,这也是学生提高自身内在修养的过程。英美文学教学所不同于其他门类学习的地方,就在于文学极具传承性,许多优秀思想与人文精神理念都可以在现代社会中发挥良好的作用。这也是在大学阶段实行英美文学教育的原因,其可以逐步培养学生的内在品质。

三、大学英美文学教育对学生人文素养培养的主要措施

要推进大学英美文学教学的改良进程,加强学生对于人文素质的提升与培养,要求教师发挥自己的引导作用,发挥出文学阅读的独特性作用。通过介绍不同体裁,不同作家,不同时代的阅读材料,保证阅读的多样性和多元性,让学生充分体会到文学阅读课堂的丰富性。学生们在学习这些欧美作品时,需先了解相应的时代背景,然后再把自己置身于当时的场景之中,这样才能够领会到英美作品浓重的人文主义精髓。并在文学阅读的影响下,感受不同的人文主义精神,帮助学生更好地进行人文素

质的培养。

（一）以作者为中心进行选文阅读

大学英美文学的教材中有关于课文选材，都是名家的著作。因此教师在进行课堂阅读相关训练时，对于重点内容进行赏析和分析，从而提高学生的文学阅读能力。教师也可以在课堂中引入同作者的其他著作。英美文化中赞美崇尚奋发向上、坚韧不拔、刚正不阿的精神，这也是其能成为世界主流文化的原因之一。例如《喧嚣与骚动》是美国现代主义作家威廉福克纳的经典作品，教师可提供作者其他优秀作品供学生阅读。在阅读和欣赏中提高对于写作风格和写作手法的理解和掌握，感受作者独特的人文主义思想，从而有助于学生对于作者人文精神的理解和把握，感受不同的人文气息。

（二）以题材为中心进行选文阅读

要保证阅读题材的广泛性和丰富性，每个学生都有不同的爱好和兴趣，要充分考虑到每位学生的不同需求，并通过丰富阅读题材，来扩展学生的知识面，保证其全面发展。例如教师在课堂教学中分模块进行阅读练习，感受不同题材作品的魅力。对于文学阅读的鉴赏，风格和写作手法都有所不同，而学生的阅读兴趣也各有偏差，因此教师要做到全面和具体化。教师在教学中不能只进行一类的讲解，要尽量使文学阅读课堂变得丰富多彩。在丰富阅读的过程当中，也会加深学生对于人文情怀的理解。事实上，学习英美文学教育不仅能给现代学生对汉语的运用给予一些启发，还能培养学生的人文素养，更能提高学生的语文成绩，这可谓一举两得。

（三）提升教师队伍素养，丰富文学教育方式

教师自身要提高文学素养与知识储备能力，便于解答学生的疑惑与难点，更要时时关注学生的所感所思，这是体现学生自我意识提升的关键。与此同时，要革新教学方式，采用生动有趣的教课方式，可以讲解文学经典中的趣事，从中挖掘人文主义思想，也可以通过举办有关文学知识

的竞赛游戏,激发学生的学习兴趣,培养竞争意识,边玩边学习文学。应通过结合学生的成长特点,让文学真正融入学生的学习生活,从多方面来培养学生的人文素养。教师应当让学生在今后的学习过程中自觉重视课本中蕴含的人文素养,以实现学生的全面发展。

无论对于大学英语教育还是语文教育来说,大学英美文学教育均是其不可缺少的组成部分。英美文学作品在很大程度上反映了英美文化中的人文精神,因此其对培养大学生的人文素养有着重要的意义。学校对学生人文素质的教育,对培养人才、促进学生全面发展有着直接的影响。英美文化课为拓展学生素质提供了必要的文化背景和文学素养支持。

第六节　英美文学作品中人文素养的社会体现

我国教育改革不断深入,教育工作者对学生人文素养培养更加重视。在外语教学中,英美文学作品蕴藏着丰富的人文素养。教师应该充分挖掘和利用英美文学作品,带领学生体悟和感受作品中人物的内心与情感,结合不同作品风格展开不同讲解,从而逐渐丰富学生情感积累,提升学生人文素养。

一、文学与人文素养概述

人文素养有助于学生构建正确的思想内涵,形成恰当的人生观和世界观。人文素养更加倾向于个体内在素质的形成,主要指向价值观和发展意向,个体能力所占的比重并不是很大,从这个角度来说,我们可以将其理解为人文精神的特殊形式。人文素养与人文精神、道德精神、科学精神和艺术精神之间具有相互促进的作用。人文精神所探究的是人的思想和内心,推崇人的自由和解放,致力于打破各种传统的腐朽的思想和思维,从而促使人的价值在这个社会得到充分的发展和呈现。文学作品实质上是一个社会和国家的发展写照,它从实际生活中提炼而出,经过升华,其意义又远高于实际生活。文学作品建立在社会生活的基础之上,又集合了作者的想法和感情,并通过文字创立符合自己认知的社会形态。

从这点来看,就能充分理解文学作品对社会及作者人文素养的依赖。英美文学是人类文化非常重要的组成部分,充分反映出了当时社会的生活状况,具有很高的艺术价值和审美价值,也为世界文化的发展贡献了很大的力量。后人通过对于优秀的英美文学作品的研读和分析,能够提升自己的鉴赏和创作能力。

二、英美文学作品中体现的人的本质

英美文学作品一般通过细节化的方式将人的动作、语言、神色阐述出来,从语言上促使人物形象得以饱满,而人物的心理活动则不会用直白的语言表达出来,通常会采用人物的小动作或者其他人的视角从侧面描述出来,最后通过对几个主要人物以及周围环境的细化描写,提炼出所在时代的普遍情况和社会问题。例如《威尼斯商人》,以一场官司作为矛盾冲突的集中体现,对在场的主要人物进行细致的描写刻画,淋漓尽致地展现了善与恶、金钱与情感之间的对立,这也是其他作品中普遍出现的一个主题,为了更加充分地体现出这一点,作品对某些人物的刻画超出了合理的范围。以《威尼斯商人》中的夏洛特为例,其在文章中的出现就是为了说明人邪恶的一面。为了彰显主角的伟大和良善。无论从哪个方面讲,他身上都没有体现出任何人情味,也没有任何优点。这一极端化的角色也成为这部作品受人争议的原因之一,而这也是很多英美文学作品所具有的通病之一。

三、英美文学作品中人文素养的社会体现

(一)塑造鲜明人物形象,彰显人性本质

很多英美文学作品所塑造的背景和环境都具有现实意义。作品中的人物大多是作者为满足自身情感而创设的,一定程度上代表了作者的某种愿望。这种现实主义的描写方式从侧面上彰显了所处时代社会文明的进展情况,通过对各式各样人物角色的描写,明确了当时社会基本社会阶层的人物特点和具体生存情况,对当时社会的时代内涵和文化价值等进行了解释和呈现。以《哈姆雷特》为例,作品描写了一个本性良善、正直向

上的王子哈姆雷特,他以自己的目光去看待这个世界,认为人类社会充满了幸福感,人类普遍具有正确的价值观念和发展观念。哈姆雷特竭尽全力进行复仇计划,其根本目的是让社会彻底变成自己所幻想的和谐社会。哈姆雷特在为父报仇的使命中,树立了扭转乾坤、改造世界的宏伟目标,并用尽全力去实现这个目标。无论是他的报仇动机,还是报仇手段,都体现出了这种正直、高尚的特点。这让读者充分体会了哈姆雷特对美好世界的向往,对真、善、美的追求。如这部作品所言,人是这个世界最为聪明的物种,因此其自身应该具有正确的价值观念,并怀有有益于这个社会的目标和理想,充分调动自己所具有的智慧、勇敢、坚强等优良品质去完成它。如果每个人都是这样,那么我们的社会就必然是光明的、和谐的,这也是社会发展的意义所在。

(二)设计鲜活的情节,刻画社会发展基本形态

英美文学作品通过一个个画面中的情景化故事,体现了当时社会的主流问题,让人们对当时的欧美社会有了一个大致的了解。英美文学作品为世界文学做出了巨大贡献,也为社会历史学科对其进行研究分析提供了十分充足的史料。一般情况下,英美文学作品中的故事情节在很大程度上将现实社会情况情景化,进而升华出当时社会的普遍价值观念,也通过更加文学性的手法,促使事物更加生动,促使人们对当时的文化发展情况有了相应的了解。例如《简·爱》描写了一名不畏命运的女性,她在经历各种艰辛、坎坷后,仍不放弃追求自己的幸福,最终赢得了自己想要的自由和尊严。这部作品描写了那个社会中女性权利的不断崛起,体现了人们的价值观念在朝着正确的方向发展。英美文学作品通过对人物和事件进行深入的描写和刻画,很好地体现了人文素养、社会发展趋势、时代特点等。

(三)源自社会生活,呈现不同时代下的人性追求

英美文学作品除了反映当时的社会现状,也体现了人本身所期望的人性,通过各种情景化的描写,将这一核心理念进行深入的描写和刻画,使人文素养得到了淋漓尽致的挥发。《哈姆雷特》中的主人公看尽了人性

的邪恶和阴暗，但还是希望能凭借自己的努力唤起人的本性，还给人们一个和谐、美好的社会。《简·爱》从女性的角度描述了社会变化对女性的启迪，描写了那个社会的发展进步，也充分地体现了女性对权力和平等所具有的新的认知，并竭尽全力去维护属于自己的幸福和自由，很大程度上帮助女性维护了她们的权利。

四、依托英美文学作品的人文素养提升策略

可以依托英美文学作品，加强对其他文化的认识和了解，从而促进人文素养的提升，具体可以从以下几点入手。

（一）认识文化差异，革新思维方式

中西方文化有着本质性的区别，不适合用东方的文化思路来思考西方的文学作品。英美文学作品和中国文学作品之间最大的区别在于人物描写。研究者为切实地明确作品想要表达的核心精神和思想感情，可以从反复推敲词语入手，从词语上了解其想要表达的含义，再扩大到句子乃至段落中，从而全面了解作者对作品所赋予的内涵。很多学习者在研究英美文学作品时遇到的最大问题就是文化根基的差异。因而，学习者要从对作品的文化根基的了解做起，切实地领会到作者想要表达的人文观念。

（二）提高审美水平和认知

学习者在加强自身文学素养的同时，也要有意识地提升自己的审美素养。学习者要对作者在作品中使用的语言和表达方式进行深入的了解，以便实现对整个作品的了解。不同作者的写作方式是不尽相同的，学习者在研究作品时应该对作者的写作风格进行深入的了解。由此可见，全面提升自身的审美素养是赏析英美文学作品的必要条件。

（三）提炼社会价值，形成思想共鸣

如今英美文学作品影响的范围和深度不断得到拓展，以女性为主人公的一些作品受到很大的关注。女性逐渐意识到自己在其所处社会应该

具有的价值,开始抗争剥削和歧视、追求自由平等,给读者以很大的触动。以《简·爱》为例,作者所描绘的女主人公即便遭受再多的不公,仍不放弃追求自己所想要的自由,为更多的女性追求幸福提供了精神上的支持。

(四)挖掘人文因子,完善学生人格

英美文学作品蕴藏着大量人文素材,在语言表达方式、句法构成、语法规则等方面潜藏着人文因素。在教学过程中,教师要有目的、有针对性地开展人文教育,引领学生用心体会作品中的世界,感悟和联想自己的实际情况,从而实现自我人格的完善。在讲解文学作品时,教师可以鼓励学生写书评,使学生进行更加深刻的反思;也可以适当地为学生播放由文学作品改编而成的影视片,给学生以更有效、更直观的精神冲击,从而帮助到学生认识到自己的不足。

充分剖析和挖掘英美文学作品中的人文素材是促进学生外语语言能力发展、提升学生人文素养的重要手段之一,也是我国素质教育背景下外语教学内容丰富、创新的结果。

参考文献

[1]毕晓直.高校英语课堂教学与英美文学教育的研究探索[M].北京:经济管理出版社,2023.

[2]常铭,郭哲,管楠.英美文学与英语教学研究[M].长春:吉林大学出版社,2017.

[3]陈述斌.新时期英美文学课堂教学研究[M].成都:电子科技大学出版社,2018.

[4]董睿晗,刘静.简论英美文学教学与文学素养的培养[J].海外英语,2021(7):86-87.

[5]杜瑞清.英美文学与英语教学[M].上海:上海外语教育出版社,2004.

[6]高若腾.大学英语课堂教学与英美文学研究[M].石家庄:花山文艺出版社,2017.

[7]韩玉娟.英美文学教学中情景教学法的运用探析[J].长江丛刊,2019(8):76-77.

[8]胡光华.英美文学翻译教学研究[M].哈尔滨:黑龙江人民出版社,2019.

[9]李新.英语教学与英美文学研究[M].北京:光明日报出版社,2016.

[10]刘丽.英美文学教学与人文思想渗透[J].文学教育,2018(10):76-77.

[11]路颖,曾建国,张霞.英美文学翻译与教学[M].长春:东北师范大学出版社,2016.

[12]史洁,康巍巍,李孟君.语言学视域下的英美文学翻译教学研究[M].哈尔滨:哈尔滨出版社,2021.

[13]宋铮铮.跨文化视野下的英美文学教学研究[J].海外英语,2022(11):220-221.

[14]汤艳娟.英美文学教学中思辨能力培养研究[J].现代英语,2021(9):98-100.

［15］田烨.英美文学教学方法研究［M］.成都:电子科技大学出版社,2018.

［16］田玉霞.英美文学教学与人文思想渗透［M］.长春:吉林文史出版社,2019.

［17］王翠.英美文学与英语教学研究［M］.长沙:中南大学出版社,2024.

［18］王晗,张丹,蔡路平.英美文学与英语教学融合研究［M］.北京:北京工业大学出版社,2020.

［19］王丽丽.英美文学鉴赏与教学［M］.长春:吉林出版集团股份有限公司,2019.

［20］王霞.文化视阈下英美文学与教学研究［M］.长春:吉林大学出版社,2020.

［21］魏兰,陈路林,郑沛.英美文化与文学翻译［M］.南昌:江西科学技术出版社,2020.

［22］刘菊媛.新时期网络环境下的英美文学教学分析［J］.科技展望,2014(21):60.

［23］成敏.MI理论在英美文学教学实践中的运用［J］.牡丹江大学学报,2015(12):161－162＋167.

［24］宋纯花.英美文学在大学英语教学中的价值——评《英美文学与英语教学融合研究》［J］.中国教育学刊,2023(10):137.

［25］张墨.英美文学教学研究［M］.长春:吉林出版集团股份有限公司,2020.

［26］张素凤,李锋凯.英语教学与英美文学研究［M］.天津:天津科学技术出版社,2017.

［27］朱飞.英语语言教学与英美文学［M］.南京:江苏凤凰美术出版社,2018.